U0654536

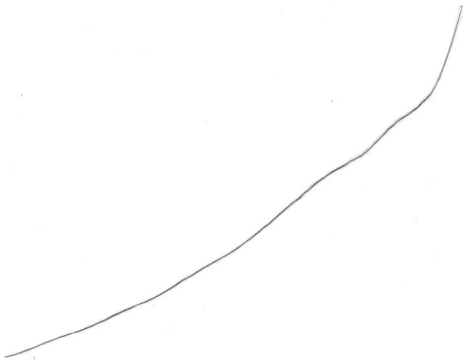

心的规则

张继军 著

中国文联出版社
http://www.clapnet.cn

图书在版编目（CIP）数据

心的规则 / 张继军著 . -- 北京：中国文联出版社，
2020.1（2023.3 重印）

ISBN 978 - 7 - 5190 - 4261 - 5

Ⅰ.①心… Ⅱ.①张… Ⅲ.①长篇小说—中国—当代
Ⅳ.①I247.5

中国版本图书馆 CIP 数据核字（2019）第 282307 号

著　　者　张继军
责任编辑　周小丽
责任校对　赵海霞
封面设计　东方朝阳

出版发行　中国文联出版社有限公司
地　　址　北京市朝阳区农展馆南里 10 号　　邮编　100125
电　　话　010 - 85923025（发行部）　　　85923091（总编室）
经　　销　全国新华书店等
印　　刷　三河市华东印刷有限公司

开　　本　880 毫米×1230 毫米　　1/32
印　　张　5.5
字　　数　103 千字
版　　次　2023 年 3 月第 1 版第 2 次印刷
定　　价　48.00 元

版权所有　　侵权必究

如有印装质量问题，请与本社发行部联系调换

目 录

第一章　女儿拒绝追求者，
引出心理学话题

　　人生"三十年河东，三十年河西"。刚得意没几年，我的事业便江河日下，至今年竟彻底崩溃。先是公司办理了注销，自己由人人仰慕的所谓"老板"变成了"下岗工人"——这是一个很大的"负值"，对我的打击很大。同时，由于我老婆是"全职太太"，我们家突然变得没有收入了。而支出庞大，其最大项，当然就是房贷。但此时我还不是太慌，因为我还有一项能力：炒股。股票对于很多中国股民来说，就是一场梦魇，对我则不一样。我妹妹对我的炒股水平佩服得五体投地，因为我替她打理，半年内拿她的 30 万元给她赚了 17 万元。她惊喜万分，说她身边玩股票的人没见过一个赚钱的，大部分都赔得底儿掉。我妹妹对我是既崇拜，又感激——按照本书的理论，所谓"感激"，是因为我为她带来了正值的利益，而她对我回报产生了一种正值的感情。而我也自信满满，最骄人的战绩：前年不仅资金翻番，还躲过了股灾熔断——只可惜股市的盈利又被这两年公司的亏损吞噬。公司既然黄了，我并不准备再搞什么新项目。我判断未来经济下行、商业饱和、倒闭潮起，再去创业，无异于自取灭亡。"炒股也是创业"，去年我最爱说的就是这句话。而且这是没有房租、没有员工、没有库房、没有社保、没有增值税的"轻经济"。唯一难的，就是股市"七亏二平一赚"的少数人赚钱法则。而这正是我的核心竞争力，我一直这么认为。不足的是，就是我手头只剩下50万元资金，而市场还是熊市。我算了一下，要维持家庭的体面和还贷，怎么也得一年有30万元的收益。要确保这个收益，必须利用杠杆。通过融资将50万元本金变成一百万元，还须躲过下跌，并抓几波机会，一年30%的利润应该可期。于是我信心满满，准备将当年钻研市场营销的精力全部用于研究股票，二次创业，成为"牛散"。

然而，"玩蛇的被蛇咬了，玩鹰的被鹰啄了"。大盘我本并不看好，不看好就不要做，这是纪律。但此时大盘突然拔地而起，上证50指数十一连阳，创造历史最长连阳记录，房地产、银行、煤炭、有色金属轮番上攻，几只房地产股更是连续拉板，没几天接近翻番，让人瞠目结舌。顿时，几乎所有人、股评、媒体都突然一边倒，判断大行情来了、大牛市来了。我身边的一些原本看空的大户纷纷改变观点，陆续进场，日进斗金。再看均线，经过连涨，图形竟变得完美。此时，我产生了一种踏空的感觉。所谓"踏空"，按照本书心理学的解释，应该是本来持股能获得的利益，因为没有买入股票，而产生相对失去利益的负值感受。我一下子热血上涌，冲了进去。不过我并没有失去理智，我选择涨幅相对较小、"有补涨需求"，又有低市盈率保证、均线均匀多头发散的银行股。现金加融资迅速打满。次日便大涨长红。浮盈近 10 万元。由于上轮牛市我受益于券商股，我觉得银行地产的图形和当年券商股如出一辙，应该是主升浪。如果能"毕其功于一役"，很可能再现翻番，一洗公司倒闭的阴霾。于是我说服老婆，动用了她"看家底"的钱 27 万元，破了死期，在地产回调时全部买进。不过此时行情有些异样，指数震荡反复，好在我经受住了洗牌的考验，又见拉升，盈利逼近 20 万元。这时满脑子便开始幻想，实现翻番后是去海南买个小户型还是换辆好车的时候，好梦戛然而止。大盘连续走弱之后，"受隔夜美国股市暴跌影响"，"永远涨"的 50 突然巨幅跳空低开，放量暴跌。我所在的股票群里一片哀嚎，纷纷问我："出什么事了？""怎么跌成这样？"我此时相当冷静，告诉他们："中计！主力出货了。"然后自己长叹一声："真高啊！"诱惑和舆论做得如此完美，旌旗招展、号带飘扬，战鼓隆隆，而在请君入瓮后，主力却已扬长而去。根据操盘的纪律，趋势一旦反转，我绝不会像新股民那样犹豫不决、心存幻想。于是我手起刀落，割肉止损，此时账户显示亏损 10 万元。

"如果就此能金盆洗手，就好了！"我之后几个月天天对自己这么说。然而事实上，之后却接连走出一系列大恶手。闲了多日，没有进项只有支出的日子开始让人发慌，焦虑煎熬着内心。我日思夜想扭转乾坤之计，忽然醒悟：可以用开股指期货做空，不管牛市熊市都能赚钱，而且越熊越赚。想到此，喜不自禁，觉得发现了一座金矿。说干就干，去期货公司开了期货户，准备做空股指。从后来看，这应是正确的选择。然而人一旦进入倒霉周期，喝凉水都会塞牙，好好的计划竟节外生枝，好事做坏。股指期货新规：获得股指期货资格现在需要50万元现金，并放在账户上趴5天，还要有商品期货交易的实战。就是这个新规让我走出大败笔。由于需要商品期货的交易记录，于是开始是小玩几下沥青、螺纹钢、白糖之类，小有斩获，于是忽然觉得干吗非得股市呢？商品期货一样可以淘金。此时恰逢看到节目里有个期货投资者讲自己的故事，100万元很快赚到6000万元。故事的重点本来是后来他怎么赔回去了，而急于扭亏为盈的我则着魔一样看中了前半段——只要有了前半段……这是一个充满魔力的正值利益。于是乎一下子沉溺于商品期货之中，而且仓位越来越重。一次，我犯了"穷寇勿追"的低级错误，由于几次做空鸡蛋都有所得，都悔于仓位不足，于是这次重金押上。开始还与判断相符，鸡蛋价格分时图逐渐下跌，然而当尾盘突然爆拉翻红时，让我有种不祥的预感。由于偷袭太快，更主要的是患得患失，我手慢没有平仓。次日九点开盘，鸡蛋突然开盘涨停，我顿时惊出一身冷汗。软件报警声瞬间响起，提醒必须追加资金，否则将可能强行平仓。此时我大脑一片空白，十分钟内如僵尸般呆在那里，连握鼠标的手都纹丝不动。十分钟后，无数期货投资者爆仓甚至跳楼的案例一下子浮现在我脑海，我冷汗直出，手脚冰凉，心惊肉跳——恐惧，这一心灵的魔鬼已经从头到脚统治了我的全身，甚至每一个细胞。在涨停打开的一瞬间，我按下了鼠标："一键平仓"。实际上，如果不平仓，由于涨停触及压力位，其后的回落幅度是惊人的，我本来有很好的价格全身而退。要在平时我是能轻松判断出来的，而在恐惧之下已经无法判断——总之，用炒股的方法玩期货惨败，亏损达 20 万元。

　　然而更大的麻烦来了，由于此时账户资产已少于 50 万元了，我竟无法获得股指期货资格。就是说，我本来开期货是为了做空股指挣钱，但现在这个最初的目的无法实现了。而此时股市已经进入新一轮下跌之中。这让我心如刀绞，更急于获取股指期货资格。我手上现在还有 47 万元，只要在股票上抓一个涨停，资金回到 50 万元以上，我仍可以重新获得股指期货的资格，靠做空再度翻盘。我于是犯下了最后一个错误，让 47 万元重新杀回股市，想凭借艺高人胆大，妄图乱军之中取上将人头，火中取栗拿下一城。而所谓"妄图"，就是希望以极小的概率获取利益的行为。这是一个失去理智的行为。而事实则更加惨烈，我的一只股票"闪崩"了，一个"一字板"跌停，之后又是一个。过去我在股市从来没有遇到过这种情况——后来看到，不断出现闪崩的股票多如牛毛。受到期货爆仓的惊吓和股票闪崩的双重刺激，我的内心完全崩溃了：杯弓蛇影、草木皆兵，看什么走势都像是闪崩前兆。买入股票就心慌不止，卖出后看涨起来又捶胸顿足。亏损到后来，连打开股票软件的勇气都没有了。理智告诉我，我已经废了。"不能再玩了！"一个声音对自己说。"认输吧！"我用尽最后的勇气和气力，闭着眼睛割掉了最后的几只股票。炒股生涯在我的人生中戛然而止。之后我一睡不起，如冬眠般睡了两天三夜。账户显示，自有资金还剩下37万元。

人言股市的失败，来自贪婪与恐惧。绝大部分人之所以根本无法战胜这两点，是因为这是人性中最核心的两个部分。所谓"贪婪"，就是人对正值利益的追逐，而且是强烈的、最大化的、疯狂的追逐；而所谓"恐惧"，则正相反，是人对负值利益的即将出现，而产生的强烈害怕的负值情感。人的一生，就是在获得正值利益或者避免负值利益的搏斗之中。而利益得失产生的心理规律，则是本书探讨的主题。

我被一系列巨大的负值打击击垮了。

焦虑开始笼罩着我：我开始愈加担心我的未来。手里的钱，再创业已经根本不够了。找工作？不敢想也不愿想。坐吃山空，还能坚持多久呢？我不自觉地把我抽的烟，由"中华"换成了"云烟"。似乎这样危机就能迟一点到来。看到老婆依然在疯狂地购物，我每次都对快递哥骂骂咧咧，但又不敢制止老婆，怕她多想或惊慌。我在那里算，我们家最大的财产就剩下这房子了——"不会到那个地步的"，我想。越想越忧心如焚、坐立不安、茶饭不思、魂不守舍。

怨恨也从心中而生：本来公司蒸蒸日上，大有前途。我对几个股东也不薄，但稍遇挫折，他们忘恩负义，联手作乱，让公司遭受巨大亏损，一蹶不振。一想到此，就气愤满胸、深恨不已。"恨"，按照本书的心理学理论，是在人与人的利益天平上，对方给予自己巨大的负值后，自己回击给对方的强烈负值的情感。再想到股市期货，自诩"股神"的自己，竟在短短一个月内赔掉大半，惨不忍睹，致使信心崩塌。而更痛心的是，大盘如我判断，似"一江春水向东流"般一路向下，若不是手欠出现意外，这跌下去的钱本是我的！算一算里外损失何止百万元?! 更是肝肠寸断，懊悔无尽。而"后悔"这一心理产物，则是因为过去某个失误导致了利益损失，产生时光倒流的渴望，能够纠正不使其发生的充满遗憾的负值情感。

那一段，每天的日子如同梦游一般。晚上不睡，而白日大睡。晚上，看到老婆睡着后我就爬起，出门，到楼道的楼梯上吸烟。从窗口看着楼外的星星和灯火发呆。直到曙光初现，小区晨练的人开始出门，清洁工人开始忙碌，儿女起床上班，我便昏然入睡。他们下班，我有时刚刚醒来。烟量大增，两包打不住。浓烟在我四周笼罩成佛光祥云一般，一次有人半夜下楼梯，隔着几层就叫："楼道失火了!"我陡然一惊。

一日，我妹见到我，大惊，说："哥，你怎么瘦成这样? 是不是遇到什么事了？"又一日，我听儿子足金和女儿美金在隔壁讨论我：

"咱爸好像遇到什么事了。"

"咱爸能有什么事？"

"我看咱爸得心理疾病了。"

"不可能！咱爸是心理学家！怎么可能得心理疾病？"

"心理学家也是人，该得病一样得病。何况咱爸的心理学家是自封的。"

"那怎么办？"

……

我豁然惊醒：孩子们说对了。以我的心理学常识，我正在，或者已经陷入焦虑症或者抑郁症的沼泽之中了。

由于平时我喜欢研究心理学，两个孩子对我异常崇拜。他们成长的许多问题，经我点拨，都能轻松化解，或者大彻大悟，被儿子称为"心理学爸爸"。由于我的理论自成系统，儿子说与他读过的心理学书籍完全不同，我被儿子封为"利益派、天平派心理学家"。许多亲朋好友也常来找我宣泄疏导，常见奇效。但没想到今天自己沦落成病人，在孩子面前丢脸。我必须振作起来！

常言道："医难自医"，但我知道，现在我必须自医。我是两个孩子心中的神，我在他们心中的"心理学爸爸"形象决不能崩塌。更何况真是得了焦虑症、抑郁症，再因此患上癌症，真那样，那一切就真的全完了。

　　按照本书的理论，心理疾病根在负值。而这一段的负值，实在是太多了。有已经失去的利益，有担心失去的利益。负值的利益产生负值的情感，而挥之不去的压抑的情感是万恶之源。

　　我开始自我治疗。而治疗的原理，说简单也简单，就是降低负值而增加正值。首先是不再去想、不再去看引起不快的东西，股票软件删掉，管理营销的书都收起来，过去企业的照片都封存，眼不见为净。而"增加正值"是更难的事，因为找不到成功。如果现在突然有 1 亿元砸下来，心病肯定不治自愈——但哪来那 1 亿元呢？正值是负值的解药，也是焦虑症、抑郁症的解药。或可以寄情山水吧，去发现正值。周末全家出游，看嫩草吐芽，蓓蕾绽开，柳树鹅黄的长发披到地上，宛若少女侧身梳理，而蓝宝石般剔透的豆娘，如舞女般在芦苇边跳舞，远处花椒凤蝶，则如黑白的团扇在空中轻摇。儿子足金和女儿美金花了 15 块钱买了一个地笼，切几块火腿肠放在里面，扔到水塘之中，一小时后竟然收获颇丰：白条的小鱼、腻滑的泥鳅、透明的虾，还有一只小螃蟹，在笼子里蹦来跳去。我一下子兴奋起来，说："回家我给你们炸小杂鱼，可香了。"又唤起儿时的记忆，说："再过一个月，咱们到树林挖知了去！用盐水一泡，油一炸，香死了！""还有去山里，你爸会捉蝎子，掀开石头都是。山珍美味啊！"我开始有点幻想田园生活，想象陶渊明"采菊东篱下，悠然见南山"的意境，即使潦倒也不失风骨,何况我现在还没有潦倒。

快乐来自正值利益的获得。而虚拟的正值也是正值。我沉浸于听郭德纲的相声、看蔡澜的美食节目,浏览"不堪入目"的网站,甚至发帖点赞。世界杯马上到了,爱上了赌球,天天计算胜率。又把移动硬盘里放了十多年没有玩过的 PC 游戏找出来。这些都是我当年玩得炉火纯青的经典游戏,跟电脑玩家玩,绝对只赢不输——在这个世界里我是赢家。玩《文明》,我横扫六合,如成吉思汗;灭日本,胜美国,扔原子弹,世界一统。玩《暗黑》,暗金装备、绿色装备法力无穷,斩妖除魔,如滚瓜切菜,赛过齐天大圣孙悟空。而更喜欢《大富翁》。在这里,我又成为百万富翁,不,是亿万富翁。到处起高楼,到处盖饭店,对手都被我用梦游卡弄得神魂颠倒,进店就交钱,过路就收费,一不高兴,还可以用陷害卡让他们银铛入狱,听他们大叫:"放我出来!"股票再不用担心闪崩、跌停,因为有红卡。融资、贷款加杠杆,红卡拼命拉涨停——看着自己的资产如旭日东升、火箭发射,而对手一个个倾家荡产、丧魂落魄、生不如死,我竟幼稚得哈哈大笑——不禁想到刚看到一个新闻,一个女人炒股赔得惨兮兮后,得了妄想症,逢人就说自己将成为女首富。这和我本质是一样的:精神胜利法。所不同的是我是主动的,而她是被动的,我这样想。

几个月下来,我缓过来不少。而好消息也纷至沓来。儿子足金荣升一家科技公司的项目经理,主抓人工智能业务。女儿美金做保健品销售，破天荒拿到了销售冠军，晋升为见习主管。孩子的成长让我欣慰。而欣慰，就是在失去较大利益后，又获得了相对较小的利益时，产生的一种较小的正值的感受。儿女的成功毕竟不是自己的成功，不能替代我的挫败感，但确实让我产生了快乐。因为我也获得了利益。这是我所归属的群体。我，有小我、有中我、有大我，自己和自己所在的群体都属于"我"。他们的成功也是我的成功。我正走出低谷。

※　※　※　※　※

端午节到了，准备合家聚餐。我这段研究美食，颇有心得，也正好显示一下手艺。儿子足金已到，女儿美金迟迟未来。老婆对女儿爱如珍宝，生怕出意外，几次电话去催。一个小时之后，女儿进来了。无精打采，却又怒气冲冲，把包往沙发上一扔，嘴里说一声："讨厌死了!"也不跟家里人打招呼，径自坐在沙发上，双臂抱在胸前生闷气。老婆一见，大惊失色，连说："宝贝，怎么了？出什么事了？谁惹你了？"女儿又说一句："癞蛤蟆想吃天鹅肉!"又跑回自己屋里生闷气。老婆又追进闺房。细问之下，原来是单位的一个同事，数据中心的，负责分配客户，一直对美金不错，常分配美金一些好客户。美金也请他吃过饭。小伙子肯定误读信息，认为美金对他有意，开始对女儿疯狂追求。不是生日送花，就是下班等在那里非要和美金一起走。有时候上班下公交车，他就在那儿等候。今天又非要请美金吃饭，庆祝她升任主管。美金怒拒，他还尾随。被女儿劈头盖脸臭骂一顿，说再跟着就报警了。老婆闻听，大惊失色，大叫："老公，明天你必须跟着女儿上班！"就问美金要公司领导电话："我找领导去，这怎么得了，我得让公司开了他！"

我一听，断然制止她："你闹什么！千万别胡闹！你这样搞会出大事！"

我接着对美金说："女儿长得越来越漂亮了！亭亭玉立，长发飘飘，开始有越来越多的追求者了。有人追求，说明你有魅力；有人爱，说明你可爱。这都是优势，为什么要这么不高兴呢？"

美金不说话。

"那个小伙子我见过，上次去她们公司接美金，我就看他对美金很殷勤。"我对老婆说，"他是个老实人，不是什么流氓坏人。只不过他可能是搞技术的，不擅长人际交往，思维容易钻牛角尖。对于男孩子来说，把女孩子的友情误判为爱情，是常有的事。"

"不过话说回来，对方爱上了你，也是一个负担。"我说，"因为按照利益天平的原理，他是在你的利益托盘上，放上了一个正值砝码：这就是爱。对他的内心来说，就是我们常说的，是'付出了爱'，而这个爱，他认为是他给你的。"

我说着，拿起一张纸来，简单地画了个利益天平的草图：

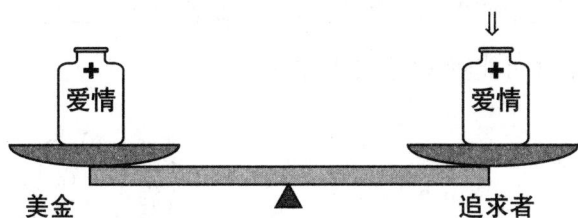

追求者期待的利益天平图

这是一种心理平衡的方式。

"按照心理平衡原理，"我解释说，"他渴望美金在他的利益托盘上，也放一个同等质量的正值砝码，就是说，如果美金也喜欢他，那是最好不过，因为这样天平两边利益砝码是一样的，天平是平衡的。这就是我们常说的'心理平衡'。"

"但是遗憾的是咱们的美金并不喜欢他，他无法获得渴望中的爱的砝码，这已经让他很痛苦和绝望了，因为这时候，这个利益天平一边重、一边轻，是不能平衡的，这就是我们常说的'心理不平衡'。"我说。

"而此时，如果美金再给他的利益托盘上放上负值的砝码，比如美金说'你真讨厌''别再骚扰我'等斥责、打击的语言，或者做出告诉公司领导等伤害他的事，就会造成利益天平更加倾斜，就会造成心理的严重失衡。"

我边说边在利益天平的追求者一方的利益托盘上，画上了两个负值的砝码：拒绝、斥责。又在天平美金的一侧画了一个空砝码，并打上一个问号："这个问号就是追求者为求心理平衡而可能对美金产生的情感或行为。你们想一下，会是怎样的利益砝码，才可能使这个天平找平呢?"

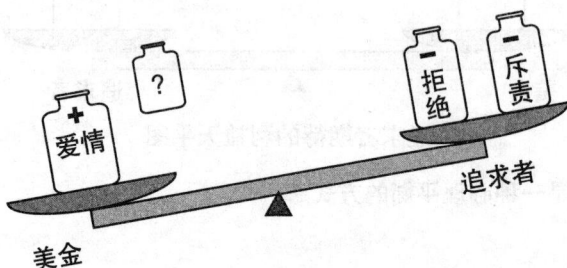

追求者心中的利益天平图

他认为付出正值的爱，得到的回报是拒绝、斥责等负值。恢复利益天平平衡的本能，他将给美金的利益托盘放上一种什么性质的利益砝码?

老婆、美金都不说话，足金马上说："应该是一个特大的负值砝码。"

"那是什么意思啊? 大负值砝码?"老婆显得比较惊慌，也没有完全听懂。我打开电脑，给他们搜索出了一篇新闻。"你们看看，这是今年刚刚发生的新闻，你们看跟美金的情况像不像?"

大家急忙看时，却见一行标题:

"新浪新闻（2018 年 3 月 29 日）: 男子单相思跟踪女同学 11 年，表白被拒当众捅死对方"。

内容如下: 女孩钱某是陈某的同学，两人相识 11 年，按照陈某后来的说法，两人两情相悦、心照不宣。只不过没有捅破最后一层窗户纸。当女孩拒绝他时，陈某认为这是女孩的"欲迎还拒"，于是加大攻势。而事实上，女孩已经有了确定婚姻关系的男友。女孩备受困扰，还在电话里向家人哭诉过。案发当日，陈某决定最后一次展开攻势：他手捧鲜花，出现在女孩的办公室。谁知女孩二话不说拿起花就扔了出去。陈某把花捡了回来，再次送进办公室，却与女孩发生了激烈冲突。陈恼羞成怒，把随手带来的水果刀插进了女孩的腹部。女孩当场死亡。陈被判处死刑，剥夺政治权利终身。

老婆看了新闻，面色惨白，一言不发。女儿更是双手攥在一起，显得非常紧张。儿子足金却问："爸，该怎么解释这个案子呢？陈某爱一个女孩11年，不是说爱就是付出，应该无怨无悔吗？难道对方不爱他，就要杀死她吗？难道爱就必须得到吗？对方就必须答应吗？"

我说："当然不是！不过——"

我在纸中间重新画了一个天平；"这是陈某心中的利益天平图，让我们解读一下在陈某心中，他和钱小姐之间的利益关系。"

"在他心中，天平的左边托盘代表女孩钱某，右边的托盘代表他陈某自己。陈某单恋女孩11年，他认为他在钱某的利益托盘上付出了利益：爱。爱是一个重大的正值利益，我们用一个正值的大利益砝码表示。"

"还是那句话，人与人的关系是追求心理平衡的。"我说，

"付出是为了回报，或者说，付出渴望回报，这就是人的心理。爱情也不例外。"

"可惜钱某拒绝了他。拒绝就将使天平顿时处于异常不平衡的状态。天平一边是巨大的正值砝码，一边空空如也。这产生利益天平剧烈震荡的可能，会出现非常危险的因素。至少失恋者将陷于无尽的痛苦。因为对他来说是失去巨大的利益。"

"而此时如果女方再给陈某的利益托盘增加新的负值砝码，比如羞辱和不友好的态度，等于在他的利益托盘上继续增加负值的利益砝码，这样本来不平衡的心理天平就倾倒。"

"事实上，陈某认为钱小姐给了他巨大的羞辱，特别是公开的羞辱，颜面尽失，尊严丧尽。按照找平原理，陈某亟须用一种利益砝码找平此利益天平。首先产生的就是恨。如果失去理智，就会产生报复行为。比如这个案例中的用刀捅，还有我们新闻常见的泼硫酸、毁容等。这时候你看，陈某在钱某的利益托盘，放一个巨大负值的利益砝码：死，极端负值抵消了正值，也抵消了钱小姐给他的负值。以这样一种极端的方式，完成了其心理平衡！"

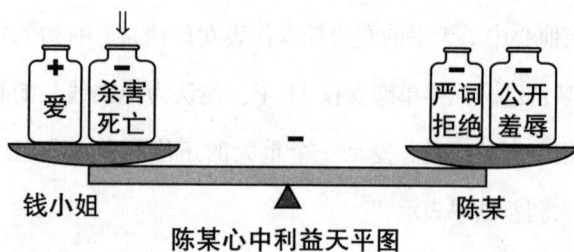

陈某心中利益天平图

为使此天平平衡，他用"恨"及由恨而生的"杀害行为"，残忍地将利益天平找平。"杀害死亡"是一个超级巨大的负值，它足以抵消他付出的正值"爱"，和获得的负值"严词拒绝"和"公开羞辱"。

"太可怕了！"老婆说。

儿子足金则拿起来我画的利益天平图反复看着："爸，你这个图很不错！不过所有求爱者遭到拒绝，都会采用这种极端的方式吗？"

"当然不是！每个人的价值观是不一样的，况且每个人陷入的程度也不一样，而且他的行为还受其他利益关系所牵制，比如法律的惩罚，比如道德的谴责。但仅在两个人的关系上，心理平衡确实是一种强烈的本能。我们必须知道有这种可能性存在。"

"不光是男人遭到拒绝后会有报复的本能，女性也是一样的。你们不都看过美国小说《飘》吗？《飘》中美丽的女主人公斯嘉丽，你妈最喜欢的人物，她深深暗恋着阿希礼。当她表白遭到阿希礼的拒绝后，让我们看看她是怎样反应的。"

我从书架里找到了《飘》，找到第一章那一段，开始给大家读：

"斯嘉丽把头扭开，感觉头脑里有什么燃烧起来：'我恨你！我要恨你一辈子！你这个混蛋、懦夫！你这个……'，她想用一个最恶毒的字眼却怎么也想不起来。"

"'思嘉请你……'阿希礼向她伸出手来，可是气愤的姑娘狠狠地打了他一个耳光！"

念到这儿，我说："你们想想，斯嘉丽作为一个被歌颂的完美女性，在遭到拒绝的时候，尚且如此愤怒，并且是在阿希礼努力不伤害她、非常委婉礼貌地拒绝的情况下，斯嘉丽仍无法控制自己，这就是利益天平"找平原理"，是人心理的一种本能，你看她拼命地要给阿希礼负值：恨、恨一辈子，咒骂、打耳光。由此我们就可以理解本性自私凶残的陈某的行为了，特别是陈某遭到了更严重的当众羞辱。当然，陈某的行为受到了法律的严惩，但是对于钱小姐来说，则成为永远的悲剧。如果大家懂一些心理学，就可以避免这类悲剧的发生。"

"我们还接着说斯嘉丽。为了报复阿希礼，斯嘉丽后面还有更疯狂的行为：她以迅雷不及掩耳的速度嫁给一个她根本不爱、不堪入目的男人，为的就是报复、刺激阿希礼，让阿希礼后悔——当然由于阿希礼实际并不爱斯嘉丽，他并不会感到后悔，但是斯嘉丽认为他会，他肯定会为自己懦弱的行为后悔得肝肠寸断。而让阿希礼肝肠寸断，就是斯嘉丽要达到的目的——哪怕用胡乱嫁人的方式。"

"当然我们也能听到一些成功人士的励志故事：遭到拒绝后，发奋图强，想以自己的成功让对方后悔，进而成就了事业。这种所谓报复方式，当然就是一种值得称颂的方式。"

老婆听完，愈加担心，尤其是连她喜欢的斯嘉丽都会变得那么狰狞，更觉得女儿几乎会遭到报复。"咱们女儿该怎么办？以后咱不出门了，女儿你去哪里妈都跟着你！"

我安慰说："现在还不至于，那个小伙子本质不坏。不过现在确实存在危险的因素。对美金来说，由于她没有产生感情，她只会觉得对方的行为不胜其烦，而急于摆脱这种局面，没有讲究方式。但是很多时候，必须站在对方的立场上考虑问题。否则确实有可能酿成悲剧。"

"那你说美金该怎么办？答应他？"老婆已经有点错乱了。

"胡说八道！"我说，"现在的情况是，那个小伙子遭受了打击，但还没有失控。美金是利益的核心，她实际掌握着主动。这时候要做的，是要尽可能地在对方的利益天平上增加正值的砝码，而绝不能增加负值的砝码。要肯定他，肯定他的人品和对自己的帮助。但又绝不能把关系往那个方向引。"

"对，把他架在道德高处，让他下不来。"老婆说。

我没有理她，我说："既要拒绝得让他不要有幻想，又要尽量抚平他的伤痛，降低他的报复值。也可以逐步让他建立新的心理天平，比如友情天平，或者有些小说中写的，把对方认做兄长，也不失为一种办法。美金是做销售和处理人际关系的高手，一旦懂得事情的原理了，组织适当的语言、稳定对方肯定没有问题。"

老婆还要再说，女儿阻止她，说："爸，我懂了，我知道该怎么做了。咱们吃饭吧。"

我看着女儿自信的样子，知道她肯定已经胸有成竹了，就说："吃饭！尝尝你爸的手艺，老醋烧肥肠。这是百度上都搜不到的美食，天下一绝！"

※　※　※　※　※

美金很快处理好了追求者的问题，而且不留尾巴。而我的心理学水准再次令全家侧目。一日，儿子足金一本正经地要跟我谈。

"儿子，你要跟我谈什么？"

"爸，我准备跟你合作。咱爷儿俩干一票！"

"咱俩有啥可以合作的？"我笑着说。

"爸，我觉得你那套心理学有点东西，"足金认真地说，"你说的砝码啊、正负啊、天平啊，很新奇，而且可以配合大数据量化。这和传统的心理学虚无缥缈的感觉不一样。"

"你是要编心理学软件吗？"我似乎有点明白儿子的意思了。

"对！我要搞人工智能！"

"人工智能？你爸的这些理论都是描述人的心理活动或者人际关系的。"我说，"而人工智能，我所理解的，都是在某项技能上登峰造极，比如下围棋啊，比如计算啊、语音识别啊、人脸识别啊，或者给人诊断看病什么的。"

"我就想造出一个真正的跟人一样的机器人，爸，这是我的理想！"儿子激动地说，"他可以有超级能力，也要有人的心理、人的情感！爸，这在研究领域完全是空白！爸，跟真人一样心理的机器人，爱恨情仇、喜怒哀乐，多神奇啊。绝对石破天惊!"

"你认为这个有市场?"我充满疑惑。

"肯定有市场! 有七情六欲，还有超级能力，跟铁臂阿童木、超人和变形金刚一样，怎么能不受欢迎呢? 而且我能找来风投，现在人工智能炙手可热，资金不成问题，咱爷儿俩可以大干一场!"

"我的妈呀，这是可以上市的节奏啊!"我被儿子忽悠得热血沸腾、心潮澎湃，"那儿子你说该怎么干吧? 老爸做什么?"

"您平时讲的心理学，都是东一耙子西一扫帚的。这回，您就从最初级开始讲，一步步讲。我开始记，咱爷儿俩一起探讨。您把您的理论体系，完完整整、科学缜密地叙述出来。有争议的咱们一起辩论探讨。然后我把它编成软件、做成系统、制成芯片。然后让我那些风投朋友投钱，定产品方向。您算研发人员，要干股还是年薪，都随您!"

"行啊!"我说。我感觉已经一扫两年中屡遭惨败的阴霾，精神抖擞，似乎看到了希望。而"希望"，就是未来可能实现的利益。有希望，就是现在一无所有，人都会充满斗志。

"不行!"美金突然叫起来，"不能光你们俩搞! 我也得加入讨论团队。要没有我被人追求的故事，你们怎么想到搞这个项目?"美金抓着足金的手摇来摇去，又给足金捶腿捶腰，"哥，你就让我参加吧，给我一点点干股，就一点点，行吗?"

"美金说得对！你妈我也得参加！"老婆听到儿子的大项目也不甘寂寞，"我生你养你、教育你，没有我，哪有你的今天！这也得算点股份吧。而且心理学的讨论，就你们爷儿俩多没意思啊。我这儿有无数案例。比如你爸喜欢研究的婚外恋、三角恋、婆媳关系什么的，我这儿的故事多了去了。儿子，你得给你妈一点干股。"

众人相求，足金一下子如老太太踩电门——抖起来了。他在家里的地位从来没有如此高大，因为他此时成了家里的大救星，和莫泊桑小说里的于勒叔叔一样。足金拿着官腔说："本来吧，这些高科技的事情，妇道人家是没机会参与的。不过常言说：'苟富贵，勿相忘'，算了，演电影也需要群众演员，你们就算群众演员吧。至于股份嘛，我拿出我股份的10%，给妈5%，给美金5%，行了吧？"

"太好了！"老婆和美金一阵欢呼。

足金抬手看了一下日历："事不宜迟，时不我待。明天就开课。大家听我和爸号令，而且必须提前做功课，不能滥竽充数、鱼目混珠！"

※　※　※　※　※

本章总结

寻找心灵的计算公式。似乎没有什么比人心更加叵测的了。就拿今年的新闻说：北京一名女子，投资失败后，竟然两次纵火，导致邻居惨死；一名南极科考的科学家，用菜刀捅伤了他的同事，原因竟是由于对方总是透露他看的书籍的大结局；一名英国的滑雪新星，竟因为错过航班而在 18 岁生日自杀……对于这些奇闻异事，你可能叹口气就翻过，或者摇头表示不可理解，而其实，他们的行为虽然异常，但是他们的心理本质上与你并没有什么不同。

一个人对你微笑的时候，内心可能藏着刀；而一个人说怨你恨你的时候，内心却可能深藏着爱。人的外在和内心往往是不一样的。如果想窥见人的内心，仅仅靠眼睛耳朵是不够的，我们需要更多的东西。

本书本质上是心理学理论书，但是赋予了文学的形式。因为写成纯理论的作品会枯燥难读，不如先以家长里短，读起来更轻松实用一些。人的心理是一个主观唯心的世界，但我们探求的是其中包含的客观规律。我有一个哥们儿，就喜欢用他的主观愿望来下结论，比如他认为他们夫妻关系的问题在老婆，就说："我觉得她就应该这么想问题""她就应该如何如何"；比如分析国际形势，一有风吹草动就断言半岛马上就要开战，"就这一两个月！"判断错了就放在一边，不再思考。人愿意相信自己企盼的事情会发生，这是愿望达成的需求。但他人的轨迹并不一定按你的企盼运行，利益所在、心之所系才是其运行的动力。

本书提供了心理学初级的计算体系和运算公式。如果读者能在实际中应用并得益一二，则本书目的达成。

第二章　世界杯开赛说利益

　　我们全家的人工智能——心理学讨论，如火如荼地拉开帷幕。但这时候，四年一度的世界杯也开始了。这对我和足金这样的球迷来说，绝对是狂欢的日子。我和儿子基本是从第一场看到最后一场，也赌到最后一场。有时赶上加时赛踢点球，看完球就得晨曦初现。不仅儿子经常请假迟到，全家心理学探讨也常被搁置。老婆对此非常不满："你们父子两个一起玩物丧志！看个破球，觉不睡了，饭也不吃了，连工作和咱们的远大前程的项目都耽误了！看球能管吃管喝吗？而且连中国队也没有，不知道你们俩都看的什么劲！"

　　我哈哈大笑，对足金说："儿子，看，你妈有意见了！好吧，今天咱们的话题，就从你妈这段唠叨开始吧。"

　　"你看你妈短短的几句话，就包含了好几种利益：吃饭、睡觉、挣钱和远大前程。"

　　"不过她不认为我们看球是利益。而实际上，对于我们球迷来说，看球是一个非常大的利益，而且是错过了就要再等四年的，是机不可失的利益。"

"看球属于精神的享受，和我们看书、看电影，和你妈没完没了地看宫斗剧一样，都是精神的食粮，属于精神利益。"

"咋又扯到我看电视剧了？"老婆不满地说。

我笑着说："好，我们还说世界杯。每四年一度的世界杯，其实就是一场巨大的利益的盛宴！你们看：球迷有球迷的利益，主办国有主办国的利益，赞助商有赞助商的利益，媒体有媒体的利益，啤酒商的有啤酒商的利益，博彩公司有博彩公司的利益，赌球的有赌博者的利益。这里头有经济利益，有团队荣誉，有国家荣誉，有对公平的追求，有追星的疯狂，有对心中球队的狂热，有对精湛球技的欣赏，也有西方企图抵制世界杯的政治博弈……利益有现实层面的，有精神层面的，虚的、实的，都是利益。"

老婆这时候打岔说："老公，你说华帝抽油烟机搞的那个活动靠谱不靠谱？它说只要法国队拿冠军，买它的抽油烟机就退全款。你说法国队能拿冠军吗？"

我说："看，最讨厌足球的你妈，开始关心足球了。如果她买了这个牌子的油烟机，她可能比咱们看球还来劲儿。这就是利益。"

"对你我有好处的，都是利益"

"爸，我怎么觉得平时大家一说起利益，都觉得不像什么好词似的。什么利欲熏心啊、唯利是图啊、见利忘义啊。还有君子喻于义，小人喻于利啊。"美金说道。

"那是由于这里头说的'利'，是指狭义上的利益，比如金钱、美色、权力等。而在追逐这些利益的时候，容易伤及其他利益，比如他人的利益、道德的准则等，所以评价就比较负面。"

我说："而我们今天说到的利益，是广义的利益。比如说荣誉，比如说尊严，比如说成就感，比如说爱，比如说国家利益，比如说人类的利益……都属于广义利益的范畴。"

我说："实际上，社会学现在的利益定义，已经很宽泛了。美金，你可以查一下百度上对利益的定义。"

美金马上用手机搜索："嗯，查到了，上面说：'利益是一个社会学名词，指人类用来满足自身欲望的一系列物质、精神的产品，某种程度上来说，包括金钱、权势、色欲、情感、荣誉、名气、国家地位、领土、主权等所带来的快感，但凡能满足自身欲望的事物，均可称为利益。'"

我说："这基本就是广义的定义了。简单说吧，自己所需要的，对自己有好处的，都是利益。"

我问："美金，你能说说，你现在最需要什么吗？"

"我希望腮再小一圈！我要去做削腮！"美金脱口而出。

"绝对不行！再瘦成鬼了！削坏了就嫁不出去了！"老婆嚷嚷道。

"老婆你的利益呢？"我问。

老婆一听，马上说："我现在就想着把咱们家的房贷都还上。"

"我希望挖到第一桶金！"足金喊。

"我希望我们队的人都能拥护我，打败二队！"美金叫。

"我就希望美金你快嫁出去，嫁个好人家，省着我天天操心！"

"我希望这次的女朋友，比上一个要温柔。"

"我想长生不老！"

"我想返老还童！"

……

全家越说越激动，到后来，连去掉脚上鸡眼的愿望都说出来了。

"对！"我总结说，"这些都是利益。或者严格地说，这些都是需求、愿望、欲望、梦想，是希望实现、有待实现的利益。人有多少种需求欲望，就对应着多少种利益。"

足金问："爸，利益和欲望、需求、愿望，他们是同一种东西吗？"

"是一种东西。愿望、需求、欲望是利益之母、利益之根，是渴望兑现的利益。只是展现的角度不同而已。"

我接着说："利益，从字面上看，利，是有利的事情；益，就是好处。"

"那我可下定义了，爸。利益：凡是对自己有好处的，都是利益。"足金在编程软件上开始定义。

"这不全面。"我说。

"对我们有好处的，都是利益"

"打起来了！打起来了！"这天儿子进屋就喊。

"谁打起来了？"老婆惊慌失措地问。

"法国球迷和警察打起来了。巴黎乱了套了，球迷爬上红绿灯、围堵公交车、砸汽车，跟警察混战。"

"法国不是赢了吗？为什么要闹？"

"法国人高兴呗！"我说，"因为他们的国家赢了！"

"赢了就赢了呗！闹什么闹。也不是他赢了。也没人给他们发奖金，闹出事了还得蹲派出所，不值。"老婆一脸不屑。

"你呀，就是不了解球迷的心理。这叫爱国情绪。就跟当年女排夺冠、聂卫平中日围棋擂台赛力挽狂澜的时候一样，那时候每个中国人都为之激动、为之狂喜、为之骄傲。因为这是他的国家，他是这个国家的一分子，国家的荣誉，就是他的荣誉。"

我顿了一下说："一个人啊，有时候不仅是为自己个体活着，也是为自己所在的家庭、团队、国家、民族活着。个人的利益是利益，他所归属的群体的利益也是利益，对很多人来说，甚至是更大的利益。"

"我这人没那么高尚，我就不喜欢唱高调的那些话。"老婆不以为然。

我笑着说："这世上有的事很难说啊！有时候唱高调的人，倒是自私自利的人；而不唱高调的人，往往倒是很无私。"

"比如说你吧，老婆，你虽然不是一个唱高调的人，但你就是一个心里总想着别人的人。比如你就为足金和美金操碎了心。当年美金都上到高中了，每次上学，你都在后面尾随，生怕出什么意外。上次因为追求者的事，听说美金有危险，看吓得什么似的。"

"那当然了，那是我闺女！"

"还有上个月，曾经给足金启蒙的李奶奶突然有出血性紫癜，要不是你赶过去救就完了。那段咱家的事儿多多啊，而且你还托人、找专家、陪床。光打血小板，一针就 1000 多块钱。累得自己过马路都晕倒了。"

"那是应该的。那是足金的恩人。"我老婆被我表扬得不好意思。

"还有咱们美金，"我说，"自从当了见习主管以后，真是为队里的每个人费尽了心。谁不出单了，她比不出单的人还急，帮她们给客户打电话出单。有人嗓子哑了，她回家自己熬罗汉果茶。队里的谁要搬家，她周末跑去帮着收拾扛包。结果队里的成绩上去了，她的业绩一落千丈。"

女儿一听，有点不好意思："我是主管嘛！那是我们的团队。"

"你看！有时候我们并不仅为自己个人的那点事忙碌着，也为我的家庭、我的朋友、我的组、我的队、我的单位、我的国家操心忙碌，荣辱与共。我，既包括小我，也包括中我，甚至包括大我。"

"对！上次我们群里，就有一个移民国外的人，天天说我们中国咋样咋样、我们中国人咋样咋样，我们就一拥而上，一起怼他！"美金义愤填膺地说。

我说："这就是我们常说的爱国情绪，或者民族情绪。我们再说回足球、说回法国队。法国足球队 20 年后第一次进入世界杯决赛，这对每个法国人都是一种极大的荣耀和自豪感。这是因为他们的心归属于法国，法国的利益就是他们的利益。他们疯狂得离谱，是因为内心巨大的狂喜需要宣泄。痛苦需要宣泄，快乐也需要宣泄。当然，法国队踢得再好，其他国家的人肯定不会上街庆祝，因为他们不属于法国，那不是他们的利益。"

"您是说利益包括个人利益和集体利益两个方面？就跟我们课本所学的一样？"足金问。

"差不多吧。"我说，"在西方，一般比较强调个人利益，按我们的话说，就是'小河没水大河干'；在东方，一般比较追求人的集体利益，所谓"大河没水小河干"。两个都对，如果结合起来的话。因为东西方文化都用成功的实践检验了其合理性。"

"对！我们大学还组织辩论过这个话题呢！我当时是'小河没水大河干'的辩方，我们赢了！"美金得意地说。

"其实按照达尔文的进化论来分析，这个道理很好解释。人首先是一个个体，如果一个人不考虑自己、不自私，在残酷的竞争环境中就无法生存。个体被消灭了，集体也就不存在了。反之，一个人的能力再强大，也很难在异常残酷的自然环境中独自活下来，必须依赖群体。群体没有了，个体基本不可能生存下去。试想世界如果就你一个人，你能活下来吗？不是被虎狼吃了就是病死了。所以必须依赖团队。"我说。

"是啊，如果就剩下我一个人，连衣服都没有卖的了，还得自己织。暖气也没人烧了，发电估计也没人管了，一片漆黑，晚上怎么过啊？手机也没有网络了——有网络也没有节目了，也没人联系了。天啊，估计连老公都找不到了！"美金边设想边说边笑起来。

我也笑起来："人之所以能成为世界的主宰，团队的因素起了非常大的作用。我看了台湾曾仕强先生的一个节目，他说'人不自私，天诛地灭'，但是'人一自私，也天诛地灭'，说得不无道理。"

"嗯，这就是'我为人人，人人为我'的道理吧？"足金说。

"差不多。"我说。

"但是，我怎么就发现有的人特别自私，而有的人就总想着别人，差别咋就这么大呢？"女儿问。

"你说对了。"我说，"这是因为不同的人，其体内利他基因是不一样的。"

"利他基因是什么，老爸，这也是你发明的?"足金问。

"这可不是我发明的。"我抽了口烟，说，"最早的时候，西方理论界认为人就是自私的。英国牛津大学教授道金斯就写了一部《自私的基因》这本书，非常有名。不过这本书的结论只是他的假说，而不是实验科学。而20世纪90年代，权威的科学数据出来了。以色列希伯来大学经过长期研究，从遗传学的角度，首次发现促使人类表现'利他主义'的基因。其基因变异发生在11号染色体上。这就从根本上确认了，利他和无私，都是人类与生俱来的人性。"

我说完，突然想起了什么："对了，老婆，你不是给咱家每个人做过一次基因检测吗? 你把检测报告拿出来!"

"拿那个干什么? 那个是看咱家会得什么病的。我警告你，你得白癜风的概率特别高!"

老婆把基因检测报告拿出来，我拿出美金的那本，找到第三页："你看，这项就是利他基因的数据。"

大家都急忙凑过来看，上面写着:

"基因检测：COMT，位点：rs4680，基因型：GG，利他主义93.5%，结论：利他主义倾向较高。"

"我，我这么高哇! 我好无私啊!"美金看了惊呼。

大家又去看足金的：90.7%。美金马上说："你太自私了! 才90.7%，比我差了两个百分点!"

足金羞愧得无地自容。

我说："总的来说，咱们家的利他主义倾向都是挺高的。我们都是富有责任感的人，也就是传统意义上的'好人'。"

赢球是利益，输球也是利益，不输不赢还是利益

"竟然要杀人！我看巴西球迷的素质也不高！"儿子看着手机，一进屋就忿忿不平地说。

"他们要杀谁啊？"老婆紧张地说。

"费尔南迪尼奥。"儿子说，"防守时没注意把球顶进自己队球门里了，乌龙球。巴西输了。他们全家遭到了种族歧视性攻击，还有人威胁要杀了他。"

"他又不是故意的。"老婆说，"那谁还敢踢球啊！"

"故意的也不能杀啊！"儿子显然义愤填膺。

"你还别说，"我说，"世界杯历史上还真有因为乌龙球踢进自家球门，被自己国家的人枪杀的，就在自己家门口，而且打了12枪。"

"真的吗？还有这事？"儿子吃惊地问。

"那届世界杯我还看了，是1994年世界杯。哥伦比亚一个叫埃斯科巴的球员，在与美国队的比赛中，失误将球踢进自家球门，导致哥伦比亚最终败给美国队。回国后被几名枪杀者乱枪射杀在家门口，身中12枪。"

"太可怕了！"女儿本来在那边对着镜子涂口红，听到我讲这段也凑过来听。

"爸，你说这到底是为什么啊？他们怎样想的？真是不可思议！"

我说："这是因为，对这些杀人者来说，这粒乌龙球让他们得到了一个不能接受的利益。"

"接受利益？"女儿问，"乌龙球也是利益？这是什么利益？"

我点了一根烟，吸了两下，吐出来，形成一个烟圈，然后慢慢地说："这就是负值利益。"

"负值利益？"儿子听完想了一下说，"您老说负值利益，我想就是失去利益，是吧？"

"对。足金不愧是学数学的。负值利益，即失去利益。

"负值利益，在我们的语言习惯中没有这个词。"我说，"我们是用另外一个词。这个词就是'失'。我们所说的'得失'，得，即指正值利益；失，即指负值利益。另外我们所说的'利弊'，利，就是正值利益；弊，就是负值利益。"

"这在数学里是一回事。"足金说，"我编软件，也是用一个数，只不过一个是正值，一个是负值"。

我说："对！其实在企业财务上，就是采用这种计算方式。企业盈利了，就是正利润，用正数表示；企业亏损了，就是负利润，用负数表示。财务、账本，实际就是通过正负值利益加减，体现物质利益累计价值的一种数学模型。因为钱就是利益。"

"我们再说回足球，对于法国的球迷，他们的足球队进入决赛，意味着他们获得了一个大的正值利益，于是他们狂欢庆祝。而反之，对于巴西球迷，或者说当年的哥伦比亚球迷，是正相反的情况：他们的球队输了，球迷认为他们获得了一个很大的负值利益。在获得负值的利益后，他们就会产生相应的负值反应：你看电视机里巴西的球迷哭得什么似的，情绪也无比低落。而对极端分子来说，他们会把国家队输球、国家荣誉的损失归结于乌龙球和踢出乌龙球的球员，把他当作'败类''耻辱'之类进行惩罚，由此产生了过激的悲剧行为。"

"那有没有零值的利益啊?"美金突然问道。

"当然有了!"我说，"刚才我们看的那场球，英国队先进克罗地亚一个球，克罗地亚0∶1落后，对于克罗地亚和其球迷来说，这就是一个负值利益。但后来，克罗地亚扳回一球，1∶1平，这就是零值的利益。"

"哦，"女儿好像若有所思，"我一直认为零值就是一无所有。老师讲的零就是什么都没有，1∶1打平，就是打了半天，跟没打一样，白干了!"

足金马上揶揄说："看来你学文科的，就是数学白痴!你知道吗?有时候零值利益也是一个大利益呢!比如美国有一句话：No news is a good news，意思是：没有消息就是好消息，就指的是零值的利益;还有足球，比如平球了，有时候很重要呢，算小分，弄不好就出线了。"

我竖起大拇指，夸足金道："儿子说得好。很多时候，零值利益是一个大利益。比如亲人远行，我们会说：'一路平安！'。'一路平安'就是零值利益，即一路上不要发生意外。不要发生负值，当然也没期待正值。这已经是大家的心愿了。"

"那如果是'一路好运'不一样了！"美金开始揶揄他哥哥，"祝足金一路好运，就是他一路上不断碰上好事呢，比如桃花运什么的。"

"是这意思。"我说，然后问大家，"你们说说，看谁还能举出一些零值的利益来，有奖！"

老婆想了想，突然说："对！有了！恢复健康！还有盲人，重见光明！"

我说："太对了！"

足金马上说："收复国土！"

"对！"我说。

"破镜重圆！"美金又想到了。

"你们说得非常好。这些都是失去利益后，重新找回的例子。虽然是恢复到零值，但是意义非常重大！"我说。

"是的，看来零是非常有意义的数字。"美金说，"不过，要是得而复失，那就惨了！"

"好！我有例子了！"儿子听了脑筋顿开："比如美金刚刚升为主管。可是过两天，被老板撤职了。得而复失！哈！这就是零值的利益！"

"讨厌死了！乌鸦嘴！讨厌死了！"美金气得对着哥哥就打，"爸，他给了我一个负值！他给了我一个负值，爸！"

虚拟幻想的利益，也是利益

"爸！妈！哥！"周末一大早，美金就大呼小叫地跑出来，满脸泪痕地叫。

"我的宝贝，什么事？怎么哭了？"老婆又开始惊慌。

"我做了一个噩梦，"美金边哭边说，"我梦见我哥死了，我伤心死了，哭醒了。"

"我这梦不是什么凶兆吧？"美金抽泣着。

"我赶紧问问我们群里的算命的，"老婆更加惊慌，"老公你赶紧查一下《周公解梦》。"

我笑着说："不用去问，也不用去查，这个梦我就能解。"

美金马上说："那您说这梦说明什么啊？"

我回答："如果按照弗洛伊德的解释，你做这个梦，就是说明你的潜意识里希望出现这种情况"

"爸你瞎说！"美金有点不高兴，"我都伤心死了，我跟我哥感情多深啊！"

我说："你跟你哥感情深是真的，所以你哭成这样。但是你儿时潜意识里曾经有过'要是没有我哥哥的话多好啊'，这个愿望，也是存在的。"

我接着说："其实这是一个经典的潜意识的梦。我妹以前也做过。家里两个孩子的时候，他们都想更多地获得父母的关爱，因为家长爱这个多一点，就会爱另外一个少一点。兄弟姐妹之间，有一种竞争的关系。"

"这一点其实是我做得特别不好，"我检讨说，"当年，我确实有重男轻女的错误观念，所以就对足金偏心眼儿，什么好的都是足金的——不过爸后来可改了，彻底地改啦！按照弗洛伊德的理论，作为失落的孩子，心底就会有一种潜意识，如果没有兄弟姐妹就好了——当然这是一个不可能实现的事情，于是就会在梦里让这种潜意识得以实现。儿时的这种记忆有时候要很久才能忘记。美金再次做这个梦，也不奇怪。"

儿子足金说："弗洛伊德《梦的解析》我看过，我记得他的结论是，梦是愿望的达成。"

"对！我们之前说了，愿望就是利益。人在现实中因各种原因实现不了的东西，会通过做梦实现，以达到满足，这和我们的利益理论其实是一致的。"

美金马上说："我记得李后主被俘虏后写：'梦里不知身是客，一晌贪欢'，意思是梦里头忘了自己是俘虏了，又回到过去自由幸福的好时光，这也是愿望的达成是吧？"

"是的——可惜醒了，就会看到冰冷的现实还在眼前，所以说'一晌贪欢'。实现利益是人的本能，但是残酷的现实和激烈的竞争，很多利益是很难实现的。这时候就会通过梦境，一个虚拟的世界，变相地实现，获得正值。"

"我明白了！"美金兴奋起来，"爸，你看我举这个例子对不对：假如啊，我哥爱上女孩子，坠入情网，茶饭不思，衣带渐宽。但是后来发现那个女孩子有老公了。我哥那个伤心绝望啊——于是就开始做梦：他和那个女孩子结婚了，而且问那个女孩子的时候，她说，她根本没有过男朋友，那些都是谣言瞎传的。于是我哥就笑醒了———一睁眼，嗨，一晌贪欢！"

我哈哈大笑，说："美金不愧是学文的，编得太生动了！"

足金白了她一眼，问我："爸，我记不得我以前晚上做的梦了，但是我记得上学时，我白天特爱做梦：梦到我是李小龙一样的超人，有时候是变形金刚一样的超人，打抱不平、拯救世界、英雄救美。每天上学、放学，骑自行车回家的路上，满脑子都是，编着各种各样的情节。"

"哥，你这叫'白日做梦'，简称'白日梦'！"美金揶揄道。

"对，是白日梦。"我说，"这也是人变相实现利益、获得正值的一种方式。与睡眠中的梦不同的是，你是醒着的，而且可以更主动地编着梦想，更有声有色。"

"事实上，很多文学作品都是这种梦想的产物，比如我们熟悉的董永和七仙女的故事。董永是一个老实巴交的贫苦农民，能娶上媳妇都是奢望。但是在编织的神话里，天上最美的七仙女爱上了他，请不起媒人，槐树突然说话做了媒人——这些都是穷苦人民的美好幻想，是心底利益的一种变相的达成。"

"对，我小时候就希望成为孙悟空，想变成什么就变成什么。"美金说。

"我小时候最喜欢看《宝葫芦的秘密》。想得到什么，宝葫芦就变成什么。"老婆说。

"我是喜欢《神笔马良》，想要什么就画什么。"足金说。

"哥，你那绘画水平，还神笔马良？想画个美女当媳妇，结果画成个丑老太婆；想要只猫，估计画成一只大老虎，嗷的一声，把你按倒在地。"

足金笑了，突然想起来了什么，问我："爸，你说青春期的'自慰'算不算虚拟利益的变相实现呢？"

"当然是，慰，安慰也。还有你硬盘里的那些日本电影，都是。"我边诡异地笑，边说，"梦中的、白日梦中的、童话神话中的利益，是大脑编织的虚拟的利益，它也是利益。它一样能产生快乐，一样能产生满足，虽然是'一响贪欢'。"

人是想听真话，还是想听好话？

"爸！妈！你们得帮我看看，我写的发言稿行不行？"

美金晚上回来就猫在闺房里，好长时间才手里拿着几张纸出来。

"你这是在写啥呢？我的见习主管妹妹，不是写论文吧？"足金见了问。

"哥，你说得不对！把见习两个字给我删掉。今天主任正式通知我，我见习期表现优异，荣升主管大人。明天公司开总结大会，我要上台发言。"美金得意得什么似的，"你们帮我看看，我这发言稿行不行?"

"好啊!"我说,"我们美金又获得了一个正值的利益。值得庆祝啊! 不过,你写了些什么呢? 你简单说说。"

"我要讲我的奋斗历程! 是怎么从一个打电话就发抖、什么产品知识都不知道、差点就被淘汰的试用客服,成长为一名优秀主管的。我要告诉大家,他们只要跟我一样努力,也能成功!"女儿骄傲地说。

"写的什么啊!"儿子听到一半就打断了,"你这成先进事迹报告会了。而且你要讲多久啊! 你们那是总结大会,你就是一个新官亮相,谁给你那么多时间讲啊!"

美金一听就蔫了:"好像,就给我五分钟。那我该讲什么啊?"

我问:"你们总结大会都是谁参加啊?"

"公司老总,呼叫中心主任,还有就是全体销售、后勤什么的,基本上公司所有人都参加。"

我说:"你要上台讲话啊,首先你得看你的听众是谁。第二是揣度他们想听什么,什么是他们的利益。而不能只凭自己的感受自说自话。很多情况下,台上讲得热热闹闹,底下的人都快睡着了,就说明他的讲话没有触动听众的利益。咱们现在分析一下你的听众啊:公司老总跟你隔着好几级呢,你够不着,你先不用去管他。你的听众主要是决定你未来命运的人,他们是谁呢? 一个是你的顶头上司,就是呼叫中心的主任,你能当上主管就是主任决定的，而且你以后汇报工作、请求政策支援，比如调人、给团队奖励，等等，都是主任决定的，所以你的讲话一半是说给他听。你未来准备怎么做，他最希望听到，你就说这个；另一个，是你下面的组长和队员。只有她们支持你、拥护你，出业绩，你的主管位置才能有人拥护，才能坐得稳。你的队员都是做销售的，她们最关心的无非就自己的业绩，就是挣钱。业务水平高的，比如三星级以上的，希望冲击五星级；濒临淘汰的新人，希望能尽快完成每月两万元的基础任务，拿到提成。你要跟她们说，你能帮助她们实现愿望。另外还有物流，这个跟你也有关系，货发给客户早一些，准确率高一些，对客户服务好一些，退单就少，都对你们队成绩有影响，所以要感谢他们，跟他们搞好关系。就职发言，时间很短，你只要能获得关系到你利益的人的支持，就很成功了。"

足金听了，马上说："爸说得对！爸这段一直在讲利益、利益！你真是白听了！讲你自己的故事，除了你男朋友，谁听啊？"

我说："她男朋友估计也是被揪着耳朵才听。"

"我知道了！"美金狠狠地瞪了足金一眼，去自己屋里写发言稿去了。

晚上美金回来，足金问："怎么样？妹子？今天发言反应怎么样？大家都挺满意的吧？"

"什么怎么样啊？白写白念了！"美金气不打一处来。

我也很惊讶，问："怎么回事？难道发言稿反响很差？"

"发言稿倒是还可以，部长还专门找我谈话，说我思考问题的角度很好。"美金说，"但他满意有什么用啊！他下台了！"

"你们部长下台？为什么啊？"老婆惊讶地问。

"我们公司今年销售特别不好，我们老板下了罪己诏，还在部长会上让部长给他提意见。"美金说，"结果我们部长说了真话，说老板任人唯亲、思想落后，都互联网时代了还靠电话呼出骚扰客户，反正说的都是我们私下议论的真话，结果老板震怒，给他撤了！"

"那谁上台接替他了呢？"

"一个我们最看不上的马屁精！他发言可有一套了呢！他说公司业绩下滑，都是因为我们没有听老板的话，都是我们无能，让老板操心睡不好觉——这些都是老部长跟我讲的，他明天就离职了，教导我跟新部长怎么处。"美金说。

"'千穿万穿，马屁不穿'！看来这真是真理！"足金感叹道，"爸，你说人为什么不喜欢听真话，而喜欢听好听的话？"

"因为好听的话是正值的利益！他认为。"我说，"人渴望正值的利益，厌恶负值的利益。"

"但是好听的话其实往往害了他啊！"美金说，"真话才能让公司起死回生！"

我说："对，所以一个人无所谓想听真话还是好话，而是他想要的话、他心中的正值。一般人心中的正值是好听的话，就会对'忠言逆耳''良药苦口'这些听起来不舒服的东西给予排斥，所以自古耿直的大臣都不受待见。如果能够超越人性，理智地判断逆耳的是正值，他就是明君——不过自古以来，所谓'明君'，其实是寥若辰星的，因为人的本能是喜欢听好话，他自己的直觉判断，好话是正值。"

"是啊，我看电视剧，就是汉武帝这样雄才大略的明君，因为司马迁说了一句真话，就将他处以宫刑！"儿子感慨地说。

"提到司马迁，我们下一章的讨论就涉及他，面临负值利益的艰难选择。"我说。

※ ※ ※ ※ ※

本章总结

利益的内涵和性质

利益，是在主观判断下，对自己或所属群体的好处，或需要的事物。

本章的利益为广义概念的利益。传统的利益内涵，一般忽视精神利益。精神利益既包括所谓"精神食粮"，比如音乐、绘画、文学、艺术、求知、真理、宗教、信仰，等等，也包括人与人之间的尊重、崇拜、喜欢、爱、歌颂、道德、公平、礼、义，等等，还包括自我的自信、舒服、愉悦、满足、成功，等等。数量种类之多，非文字语言可能尽述。

利益还包括个人利益和团体的利益。人是社会性动物。有小我，有中我，也有大我。当然，这其中"我"是核心。

更重要的，本章引入了零值利益和负值利益，即将"利弊"中的弊作为利益同一属性的负值。

负值的利益为正值意义的相反，是在主观判断下，对自己或所属群体的坏处，或不利的事物。

因为有负值利益、零值利益的引入，才有本书的理论系统。我们发现，以往以需求或者愿望、欲望作为心理学主体，其研究将会遇到瓶颈。因为你很难去说负值的需求、负值的愿望。而事实上，利弊得失，在本质上都是一件事。如果缺少另一半的分析，心理学是不可能完整的。

需要强调的是，利益是心理学概念，因而是主观的，而不是客观的。地球上如果没有了人，太阳依旧会照常升起，但是利益就不会存在。因此利益是因人而生，存在于大脑，是纯心理学的概念。

二、情感是利益的映射，是一种特殊的利益

说到情感，长久以来一直作为一种扑朔迷离的感受而游离于心理学主线之外，与利益分割。比如百度百科关于情感的定义："情感是态度这一整体中的一部分，它与态度中的内向感受、意向具有协调一致性，是态度在生理上一种较复杂而又稳定的生理评价和体验。"（相信不少人都很难理解这段文字。）

实际上，情感是利益的映射，是利益的感受性反应。

比如喜，这一情感背后一定是获得了正值的利益，如金榜题名、洞房花烛。如果落榜、失恋，则不可能产生"喜"的情

感；而哀，则一定是失去了正值的利益，或者说获得了负值的利益，比如丧子之痛。它是利益得失的直观感受。

情感反映利益的得失，可以从下面例子说明。比如孩子丢了，父母伤心欲绝。因为这是获得了巨大的负值利益。而如果突然孩子找到，或者自己回家了，之前的伤心欲绝的情感会立即消失，因为产生负值情感的基础不存在了。

我们来举一个巨大正值利益产生巨大正值情感的例子，这就是《儒林外史》中的范进。范进在科举考试失败20多次后突然中举，我们看这一天大的正值利益带来的情感：

范进三两步走进屋里来，见中间报帖已经升挂起来，上写道："捷报贵府老爷范讳进高中广东乡试第七名亚元。京报连登黄甲。"

范进不看便罢，看了一遍，又念一遍，自己把两手拍了一下，笑了一声，道："噫！好了！我中了！"说着，往后一跤跌倒，牙关咬紧，不省人事。老太太慌了，慌将几口开水灌了过来。他爬将起来，又拍着手大笑道："噫！好！我中了！"笑着，不由分说，就往门外飞跑，把报录人和邻居都吓了一跳。走出大门不多路，一脚踹在塘里，挣起来，头发都跌散了，两手黄泥，淋淋漓漓一身的水。众人拉他不住，拍着笑着，一直走到集上去了。众人大眼望小眼，一齐道："原来新贵人欢喜疯了。"

从上我们得出利益与情感之间的因果关系：正值的利益产生正值的情感，负值的利益产生负值的情感。

　　情感是利益得失的映射，同时也能升华成一种特殊的利益。比如人们常说"寻欢作乐"，就是去满足"欢乐"的欲望，实现"欢乐"这个利益。

第三章　出车祸去整形医院，
利益大小怎么算？

"你说有这么荒唐的事吗？"这天，我老婆边回着微信，边跑到我的书房。

"啥荒唐事？"足金问。

"我们群里的，一个主持人，出车祸了。车翻了个个儿。人整个下巴都掀翻了，碎了四颗牙。老公打电话让她快去最近的三甲医院抢救。你猜这妹怎么着？坚决不去，把老公臭骂一顿！"

"为什么不去？难道她有指定的医院？"

"什么呀？她怕三甲医院给她缝得不好看，把形象毁了。她竟然挣扎着开车去了一家整形医院。据说差点抢救不过来，险些挂了！"

"我的妈呀，这真是要脸不要命啊！"足金感叹道。

"对！她老公也是这么说她的。被她骂了个狗血喷头，她说：'放屁，你不知道一个主持人的脸比自己的命还重要吗?!'"

美金说："她做得没什么离谱啊？要我也这么做。"

"你怎么也这样说啊，宝贝？"老婆一脸惊讶的样子，"不过话说回来，我们群里的女人，很多也这样说。"

"她们怎么说啊？"足金很好奇。

"你看你看，这条，'这点我特别理解她'；这条，'这种情况我肯定也一样选择'。"

"这就是女人啊！"我听了，大为感慨。

"爸，你不说人总是选择利益值较大的利益吗？难道脸蛋比命大？"足金怀疑地问。

两个利益之间，人是选择他认为的最大的一个

"对！至少她是这么认为的，也是这么做的。作为一个主持人，她认为脸蛋就是美貌，这个利益砝码要比命大。"我说。

"利益砝码就是衡量利益大小的东西吧？"美金问。

我说："是！我们常说'权衡利弊'。这个'权'字，就是秤砣，也就是我们说的砝码。我们借用这个概念来衡量利益的大小。"

"比如对这个主持人来说，她此刻面临两个重大利益的选择。"我又开始拿起笔，在纸上画，边解释，"我们用利益砝码表现利益，是正值的利益，我们就在上面标'+'号，负值的利益，我们就在上面标'-'号。"

我画出两个砝码来，在一个上面写上："脸蛋"，一个写上"生命"。

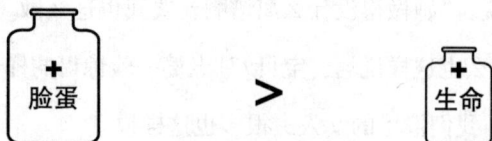

利益砝码比较图

在该主持人心里，脸蛋比命重要。

"这两个利益砝码哪个大呢？对很多人来说，肯定是命大，似乎是天经地义的事。但是女人，特别是很多美丽的、爱美的女人，美是她生命中最大的价值，超过生命。这个女主持，就以自己的实际行动，证明了在她心中，'脸'大于'命'。这就是利益的取舍、利益的选择。"

"命要没了的话，还要脸有什么用？这选择傻不傻啊？"老婆嘟囔着。

我说："利益选择是当事人自己的事，无所谓傻不傻。她脑子中认为哪个重要就选择哪个。事实上她是命也保住了，脸蛋也保住了。当然，如果事后她发现利益选择错误，她会产生'后悔'这一情感。"

老婆听了马上说："我最后悔的就是当初那套学区房没买！就因为对方多要了2万块钱。我置什么气啊！现在真是悔得肠子都青了！"

美金笑着说："我看如果有后悔药，最想买的就是我妈!"

"我也想买!"我说，"后悔是一种负值的情感，来自对过去错误的利益选择。"

我接着说："利益选择就是主观行为，它可能是对的，可能是错的。其实我们每个人，每时每刻都在进行利益选择，甚至包括吃菜的时候夹哪道菜、看电视的时候选哪个频道、打开手机时点开哪个 App、走路的时候选哪条道，都是在进行利益选择。"

"如果在选择的时候，出现难以判断、难以选择的情况，我们就用'犹豫不决''徘徊不定''踟蹰''举棋不定''瞻前顾后''患得患失'等词汇，描绘这一心理状态。"我说。

"有时候人是在两个利益之间选择，有时候是在更多的利益之间选择。有时候是在正值的利益之间选择，也有时候会在负值的利益之间选择。"我说。

美金说："都负值了，还有什么选择的?"

我说："当然要选择。因为两害相权取其轻。"

负值利益之间的选择，是最痛苦的

足金说："爸，负值利益之间的选择，就是歹徒拿着刀问你，你是要留下胳膊呢，还是留下眼睛? 是这个意思吧?"

"是这个意思。"我说，"'人会选择较大的利益'，这个理论，我相信一般人都会认可的，也叫'利益最大化原则'。不过常人理解的利益选择是不包括负值和零值的，但是我们引入了负值、零值利益的概念，我们会发现，这个原理一样适用"。

"当然了！如果在歹徒要我的胳膊和什么都不要中选择，我会毫不犹豫选择后者！"美金说。

"你真是不傻！"足金揶揄并冷笑地夸奖着。

"真正痛苦的选择，其实就是负值之间的选择。"我说，"比如当年的李鸿章，在签订丧权辱国的条约时，就是面临着这样的选择：割地、赔款，或者洋人入侵、大清亡国。这些都是巨大的负值利益，但是负值的利益一样有大小。李鸿章呕心沥血、拼命抗争，拼了老命想为大清挽回点损失，甚至被日本人打了一枪，因此而减少赔偿了一亿两白银，也感到欣慰。"

"但是李鸿章最终还是被千夫所指，被作为卖国贼被骂得狗血喷头！"足金说。

"那是因为国家失去了利益。"我说，"李鸿章只能在负值之中选择，无法扭转局面，而其中任何一个负值，都是国民无法接受的。"

"不过负值利益之间的选择，最有名的故事，还是数司马迁了。"

"您是指他是面对宫刑，还是死刑的选择吧？"足金问。

"对！司马迁因说真话得罪了汉武帝，被判死刑。汉朝的法律，要免除死罪，可以用花钱或受宫刑成为宦官两种选择。司马迁拿不出钱。于是只能在死刑和宫刑中选择。这是两个巨大的负值利益：一个是死，一个是受宫刑成为宦官，司马迁必须在二者中选择。"

"这太残酷了！"美金说。

"是，这非常残酷。对司马迁这种士大夫来说，'士可杀不可辱'，尤其如此。"

"司马迁在后来《报任安书》，专门写了自己的心路历程。你们看这段：'自古以来，人们对宦官都是鄙视的。一个才能平常的人，一旦事情关系到宦官，没有不感到屈辱的，更何况一个慷慨刚强的志士呢？我虽然怯懦软弱，想苟活在人世，但也颇能区分弃生就死的界限，哪会自甘沉溺于牢狱生活而忍受屈辱呢？再说奴隶婢妾尚且懂得自杀，何况像我到了这样不得已的地步！我现在又被乡里之人、朋友羞辱和嘲笑，污辱了祖宗，又有什么面目再到父母的坟墓上去祭扫呢？即使是到百代之后，这污垢和耻辱会更加深重啊！因此我的耻辱在心中每日多次回转，坐在家中，精神恍恍惚惚，好像丢失了什么；出门则不知道往哪儿走。每当想到这件耻辱的事，冷汗没有不从脊背上冒出来而沾湿衣襟的。'"

"太惨了！"美金不忍听下去。

"说明司马迁并不怕死，或者说没有《史记》的话，他会选择死！"足金判断说。

"对！司马迁随即讲了他选择宫刑的理由：'因为我在写《史记》，写成了十表，本纪十二，书八章，世家三十，列传七十，凡百三十篇。亦欲以究天人之际，通古今之变，成一家之言。然而还没有写完，恰恰遭遇到这场灾祸，我痛惜这部书不能完成，因此便接受了最残酷的刑罚而不敢有怒色。我现在已经写完了这部书，那么，我便抵偿了以前所受的侮辱，即便是让我千次万次地被侮辱，又有什么后悔的呢！'"

"爸，我明白了！就是说对司马迁来说，《史记》是其人生最大的正值，远大于屈辱的负值。只要完成了《史记》，即使忍受常人无法忍受的屈辱，按照他的利益计算，就可以抵偿以前所有这些屈辱。因为他的人生就仍然是正值！"足金总结说。

"总结得太好了！儿子！"我高兴地说，"事实上，司马迁至今仍因《史记》而辉煌夺目，而那些嘲笑讥讽他的人，却早早地被人遗忘了。"

利益可加减，人生有正负

足金问："爸，按这个意思，利益砝码是可以相加相减的，和数学的加减法一样？"

"对！"我说，"在有得有失的情况下，人会判断是'得大于失'，还是'得不偿失'。人生其实也是一样，失败是负值，成功是正值；得意是正值，失意是负值。盖棺定论，他自己，或者别人，也是正负值相加减，给出人生命运的结论。"

我举例说："比如你们都爱看《红楼梦》，里面的林黛玉、王熙凤、妙玉、元春等，美若天仙的大小姐，锦衣玉食，无限体面，多让人羡慕啊。但是到最后，命运多舛，红颜薄命，可怜可叹，都是以悲惨收场。无论以前享受了多少荣华富贵，获得了多少正值，最终抵不过后来的大的负值砝码，人生最终也是负值——主人公的命运以负值收尾，在文学上，我们称之为'悲剧'。"

"我学了这么多年的文科，还第一次看到悲剧是这么定义的。"美金想了一下，"那么说姜子牙老爷爷就是喜剧了，他本来一辈子潦倒，据说还当过屠夫，混到七十多岁一事无成。最后靠钓鱼遇到周文王，一下子火了，建功立业，裂土封侯。这正值，大大超过了七十年的负值，是吧？"

"对。"我说，"这叫大器晚成。还有你们学过的课文，《儒林外史》中的范进也是。他十几次科考都落榜了，五十多岁才混了个童生，破衣烂衫，穷得家里连米都没有，就剩一只下蛋的鸡，都给卖了。他岳父胡屠户一天到晚数落他。"

美金一听，马上学着小说里胡屠夫骂范进的腔调，指着足金学道："你这烂忠厚没用的东西！别癞蛤蟆想吃天鹅肉了！那些中老爷的都是天上的文曲星！你能中举？像你这尖嘴猴腮，也该撒泡尿自己照照！"

足金惊诧地看着美金："你背得真熟！"

"我们学文科的，《范进中举》是重点，必须背诵！"美金得意地说，"后面的我也讲给你们听吧。"

"你就说他成功以后吧。"

"他疯了！"女儿兴奋地说，"再然后，他发了！有个张乡绅当即送来50两纹银，还送他三室一厅。他岳丈胡屠户也拿着肉和钱来道喜，说他是贤婿，叫他老爷。范进他们家每天唱戏请客，仆人一堆伺候。范进老妈看着满屋子的细磁和银器，激动得一口气没上来——乐死了。……爸，范进也算是成功人士吧？"

"按那个时代的价值观，当然算。"我说。

"看来范进中举这一个超级正值的利益砝码，就抵消了他大半辈子的苦难。他转正了。"儿子说。

"那孔乙己就比较惨，一辈子都是负值。一个正值都没有。"女儿充满了同情说。

"对！还有闰土、祥林嫂、阿Q。"我说，"所以鲁迅鞭挞那个时代。因为那是一个大多数人的人生都是负值的时代。"

经得住金钱考验的感情，才是真的感情

"爸，感情是不是也是利益，是不是也能分大小？"美金问。

"那还用说！"足金接过来，"你没看喝酒时候就要说：'感情深，一口闷'，你要是喝得少，就说明感情浅，利益砝码就小。"

"足金说得对。"我说，"感情是一种利益，而且也有大小。即使是亲人之间的感情，一样有大有小。不知道你们看没看过《我爱我家》，其中有一集叫《目击者》，男主人公贾志国目击了凶杀案，吓昏过去，醒来第一个关心的是老婆，'你没事吧？'然后是女儿，听说都没事后，说：'你们两人都没事，那我就放心了。'气得老父亲暴跳如雷，'谁都问到了，你怎么就不问问我啊！你怎么就不担心我啊！你对我是什么感情？你把我摆在

什么位置上了？'——这虽然是喜剧，其实已经反映出贾志国心中对几个亲人的利益砝码排序，老父亲也发现了这一排序，因此心里非常不平衡。"

"那爸，您是更喜欢我啊，还是喜欢我哥？"美金诡异地笑着开玩笑地说。

"都喜欢。"我笑着说，"利益砝码可以是等值的。比如那个经典的、无法回答的问题：老婆和妈同时掉到河里，你先救哪一个？你怎么回答都不行。因为至少从综合社会价值观来说，两个感情砝码无法分出轻重大小，你也可以看成等值的，是无法二选一的。"

"那爸，如何判断对方的感情呢？是真是假，是深是浅？我发现很多人装得特别好，一遇到事，就原形毕露了！"美金很受伤的样子。

老婆插进来："知人知面不知心！美金，利益面前，就看出感情真假了。我有一个做保险的姐们儿，她说得特别好，她说，一个人心中最在意谁，你看他保单的受益人写的是谁就知道了！"

我说："老婆这回说得有道理。衡量感情的大小，就要有其他利益砝码进行比较。在今天的这个社会，金钱就是一个试金石，无论是友情、爱情、亲情，能过得去金钱这一关的，才是真的感情。"

"对！房子！房子！"老婆激动地说，"这年头一涉及房子，什么感情、什么关系就原形毕露了！你看你孙叔叔和几个兄弟姐妹，为争房子打得乌眼青；还有电视上的调解节目，全是为了房子，兄弟姐妹、婆媳甚至父子、母子、夫妻反目成仇。有一个儿子，竟然因为房子，用铁棍把父亲给打死了！"

"真是够可怕的！"美金边说着，边瞅了哥哥一眼。

"金钱啊，是个好东西！"我感慨地说，"金钱，尤其是大笔的金钱，是人生中的一个重大利益。而且金钱这种利益还非常神奇，也非常特殊。"

"它神奇在什么地方呢？"我接着说，"就是金钱本身没什么用，它就是纸，但是它能变化成各种你渴望的东西，满足你的欲望，实现你的利益。它可以变成食物，它可以变成衣服，它可以变成豪车、变成豪宅，甚至变成美女、变成尊重、变成别人对你的俯首帖耳或者无限崇拜。"

"所以金钱不是一种普通利益，它是利益的凝结。在金钱社会，金钱会被升级为一种信仰，而被像神一样膜拜——而其实它可能比神还能解决你的各种问题。"

"正因为金钱是这样重要，所以当金钱的利益与感情的利益相冲突的时候，比如说兄弟姐妹争夺房产、遗产，就会产生利益选择。如果大家认为金钱的利益砝码大于感情的利益砝码，就会撕去感情的面纱，不择手段争得你死我活。"

金钱与亲情利益砝码价值分析图。当人判断金钱的利益比亲情更重要时，人就会不顾亲情。

老婆听了对美金说："宝贝，记住妈的话，你看男孩子，不用听他花言巧语，你就看他舍不舍得给你花钱。有的男孩子跟女孩子交往，费心费力都没问题，一让他出钱就找种种借口，一推六二五。尤其是大钱，比如房产证——"

足金听得非常不以为然："妈，你这也太世俗了！"

美金没有理她妈，也没有理他哥，问我："爸，你遇到过在金钱面前，我是指很大的金钱面前，义无反顾的感情吗？"

"少！"我说，"但是有。你爸当年因为各种原因，混得可惨了！欠了30多万元，兜里全部的现金只有1000多元，更别说房子了。可是我遇到了一个美女——她看上了我。我告诉了她我的情况，她算了算，按照我们俩那时候的收入，需要十年才能还清债务。这时候她家给她介绍了一个有钱人，但是她拒绝了，她跟了我。"

"世上还有这么傻的姑娘？那么她后来呢？"足金好奇地问。

"我们非常幸福。我们还清了债务。我们生下了两个孩子，非常英俊漂亮而且聪明，一个名字叫足金，一个名字叫美金。"我说。

"原来这个浪漫爱情故事的女主角是我们的妈妈！"足金美金恍然大悟，"没想到，我妈竟然曾经是这种视金钱如粪土的敢爱女性！"

"所以你爸这辈子值了。"我说，"在这金钱至上的时代，能获得超越金钱的真情，死都值！"

"就是说爸的人生是正值了？"足金说。

"对，是正值。就是现在死了，都是正值。"我说。

1500元奖金是少是多？利益变脸比变天还快？

"不干了！不干了！"这天美金进屋就叫，"这么点奖金，我不干了！"

"咋的了？宝贝。"老婆纳闷地看着女儿，"我记得你昨天发了1500元奖金，高兴得什么似的，说过去做组长只有500。咋又嫌少了？"

"就是少！没意思。爸，你教我企划吧，我要转到企划部去！"

我问了一下原因，原来今天中午吃饭，美金碰到企划部的人，一聊，发现企划部主管奖金发了3000元，就是普通企划专员，都发了1500元。而她作为销售主管，才发1500元。

"太不公平了！"美金说，"我们做销售多难啊。他们企划部写的产品文案客户根本不买账，还拿那么多钱。真觉得做销售一点意思都没有。"

足金笑着说美金："你这变化也太快了！昨天说多，今天说少，太没谱了!"

然后又一脸认真地问我："爸，你来解释解释。按照你的理论，美金昨天发了1500的奖金，是获得了正值的利益。所以她产生了正值的情感，高兴得一塌糊涂。但是同样是这1500元，美金今天好像是失去了利益一样，因为她很沮丧，显然是负值的情感。到底她是得到利益了，还是失去利益了?"

"这是个很好的问题!"我说，"所以我们在利益的定义前，一定要加上'在主观判断之下'这句话。而这个主观判断，却是在不断变化的。"

"比如说，足金小时候，特别喜欢玩具。把他的所有零花钱拿去买了各种各样、稀奇古怪的玩具。玩具就是足金最大的物质利益。那时候，他要是有权，会把家里所有的财产都买成玩具。但是现在，你就是白送给他任何玩具，他都不会有一点儿兴趣了。因为这个利益已经不是利益了。"

"我哥现在要再玩玩具，那肯定是弱智白痴傻子了!"美金听到讲他哥，一下子又高兴起来。

我说："这就是心理学的特点，主观性，还有变化性。"

"再不变化，咱们家就成玩具店，我哥就回幼儿园了!"

"事实上，人对利益价值的判断，不仅是经常变化，而且是天天变化，甚至每分每秒都在变化!"我说。

"每分每秒都在变化，有这么夸张吗？刚才我觉得我哥是好人，一会儿就变成坏人了?"美金不太相信。

"那也难说，要看你遇到什么事。"我说，"咱们不举你哥的例子，咱们说说黄金。黄金的物理性能高，化学性质最稳定，在人们心中价值最恒定的是黄金。"

"对！真金不怕火炼，而且从古到今都是财富的象征。"

"你们看，"我说着，打开手机里的东方财富软件，"就是这么稳定的黄金，它的价值变化有多大！这是黄金的 K 线图，这是黄金的分时走势图。表明期货市场上黄金价格的走势——其实就是利益判断。你看它的价值，每秒都在波动。刚才还1224.9 美元一盎司，现在就 1222.7 美元了。如果按月看，按年看，则波动更大。"

"爸，是不是黄金在跌？"美金又看到月线，笑着说，"好像一直在跌啊！"

"对。"我说，"这些年黄金一直在跌，从最高点到最低点，跌了快一半了。"

"太好了！"美金叫，"黄金不值钱了。哥，你这足金也不值钱了！我美金值钱了！"女儿得意洋洋地说。

足金没理她，说："还真是，我前几天看新闻，说 facebook 股价一天下跌 20%，市值损失 1200 亿美元。我还想呢，同样一家企业，咋一天价值就差 1200 亿美元啊，这也太玄乎了吧。"

"这没什么玄乎的。"我说，"港股的一只股票，一天就跌掉90%多。资本市场这种例子多了去了。"

"那人和人之间的关系会不会也这么变化无常啊？"美金问。

"会啊。你们学过莫泊桑的《我的叔叔于勒》吧？'我'的叔叔于勒，那是全家的希望所在，父亲和母亲都盼着他早日从美洲回来，看到有船来，父亲永远重复着那句话：'唉！如果于勒在这条船上，那会叫人多么惊喜啊！'"

"我知道！"美金马上接过来，"后来他们在度假的时候，果然在船上见到了于勒叔叔，见到后——他们吓死啦！他妈一直在哆嗦，他父亲是脸色煞白、两眼发直，说：'出大乱子！'因为他们发现于勒在船上卖牡蛎，而且又老又穷，一打听，他破产了。母亲立即改了称呼，说于勒是'贼'、是'流氓'，于是他们仓皇逃窜，跑得比兔子还快！"

"对！美金记得真好，不愧是学文科的！"我欣赏道。

"看来还是那句话，'没有永恒的朋友，只有永恒的利益'。"足金感慨地说。

"你们说说，还有哪些利益迅速变化的例子呢？"我问。

"昨天还是盟友，今天就是敌人了！"足金刚看了美国与土耳其的争端，马上举出来。

"恋爱时山盟海誓，结了婚就另寻新欢了！"美金补充。

"昨天发 1500 元的奖金，觉得发得多，美成那样；今天一对比，就觉得发得少，就不干了！"足金揶揄美金。

美金白了一眼哥哥，问："爸，你说利益这么变来变去的，累不累啊？"

"累，"我说，"但是没有办法。黑格尔说，世界是永恒变化的，包括精神世界，都是不断发展变化的。地球几十亿年来，风风雨雨，天翻地覆，而生物就不停地演化。人就是适应变化最牛的一种生物。尤其是这几十年，社会经济科学变化的速度越来越快，简直是以光速在变化。比如你刚苦练发电报的技艺，可是电报被淘汰了；你苦练洗像冲印的技术，可是胶卷消失了；你苦练铅字排版的手艺，可是铅字印刷消失了；你刚投资录像机，人家变成 DVD；你刚搞了 DVD，人家已经用上了 MP3……"

"你说的这个人也太倒霉了吧！"美金说。

"哼，倒霉的还在后头呢！"足金说，"据说人工智能时代后，一大堆行业都会被替代，那变化不知道有多大呢！"

"是啊，这是一个风云激变的时代。这个时代，一个闪失，就可能被时代彻底淘汰。"我说。

"都这么变，不太乱了吗？就没有不变的？"

"有！相对不变的东西，就叫作价值观。"我说。

"价值观是个人或者社会长期形成并且逐渐固化的，对物质、精神利益的价值的确定性判断。价值观是具有恒定性和持久性的。这是个人和社会行为、交往的基础。"足金做过功课，背了出来。

"我爱我爸，我爱我妈，我爱我们全家，这就是我的价值观！"美金认真地说。

"对！"我说，"不过价值观也是在发展变化的。先进的价值观也会发展，叫'与时俱进'，落后的可能被淘汰。比如说中国古代讲的贞洁，这个价值观统治了很长时间。那时候对很多人来说，贞洁是比命还大的事，'饿死事小，失节事大'。当然，今天这个价值观就被彻底抛弃了。"

"我听电视上讲过，"美金说，"清朝的时候，安徽一个地方发生水灾，一个女人被水淹到腰部了，一个男子救她，拉了她一下左臂。女子嚎啕大哭，说几十年的贞洁毁了，要了把菜刀，把左胳膊砍掉了。"

"哈！真的吗？"足金第一次听到这种事，"要是按这种价值观，那今天的女人，都没有胳膊了——满街都是无臂女侠！"

"还有呢。"女儿补充说，"咱们楼下的孙爷爷，一天到晚哀叹当年把家里的红木家具和官窑瓷碗都跟人换了电镀椅子电视机。我问你为什么换啊？他说，那是'四旧'，当时觉得不值钱，还觉得自己赚了。现在悔得肠子都青了。"

"是啊！"我感慨地说，"比如黄金保值，就是千百年来形成的价值观。所以黄金价格一波动，金店里就全是大妈。但是她们会发现黄金也会跌。然后发现房子不会跌，似乎永远上涨，于是买房就形成新的价值观。"

"弄不好哪一天，这个价值观也会崩塌。"足金说。

"那是有可能的。"我说，"总之，不变是相对的，变是永恒的。"

※　※　※　※　※

本章总结

本章是讨论利益的大小及表现形式、利益的选择、利益的变化性等。

利益砝码是反映利益的大小，即利益价值的表现形式。我们用砝码图形的大小，表现利益的绝对值。在砝码上标注"+""-"号，表达利益的性质。

人们在利益选择时，会从多项利益中选择此刻自己认为的、正值利益更大的一个，或者负值利益较小的一个。如果选择错误了，造成利益损失了，他会产生"后悔"的感受。

利益值理论上是可以以某种规则加减的，只是缺少统一的计量单位。金钱作为利益的法码，能够数字化地度量利益价值，尤其是物质利益的价值。

特别强调的是，所谓利益的大还是小，都是当事人判断得出的，不一定是客观事实。

由于客观世界的不断变化，以及利益判断的主观性，都会导致利益砝码的多变性：这种变化既可以改变利益砝码的大小，也可以改变利益砝码的性质。

如果用卡通形象来表现利益砝码的话，你可以把它看作一个忽大忽小、忽明忽暗的砝码卡通形象。

价值观提供了利益砝码的恒定性。它是个人或者团体、社会长久形成的，有关利益是非、大小和选择的相对恒定的价值体系。从更长的时间维度看，价值观也会发展、进化或被淘汰。

利益砝码的变化性，使得揣度判断人的心理变得异常复杂。昨天你给女朋友一碗红烧肉，她夸赞得不得了，一口气吃完；但是今天你再来一碗时，她可能就不高兴，把碗推到一边了；如果明天你继续给，她可能就勃然大怒，说你情商不够，甚至准备跟你分手了。一切都是动态的，一个人有无数利益及其变化，一群人有更多的无数利益及其变化，人和人之间还有利益冲突和利益依存。如果是整个人类，加以时间跨度，那利益的集合会将人类以一种极其复杂的规律和轨迹运行，形成历史。完全没有预料到发生的，叫"黑天鹅事件"，可能会彻底地改变历史的走向。几乎不会有人能预测所有的走向，人工智能的计算机群也不能，因为这是一个接近无穷大的变量。

第四章　104 岁老人去瑞士安乐死引发的讨论

"爸！我推翻了你的理论！"这天足金又看到一条新闻，马上跑到我这儿喊。

"说说！"我挺好奇。

"爸，你不是说人是为了利益吗？你看，这个老人条件这么好，为什么非要选择安乐死？难道死也是利益吗？难道这个是假新闻？"儿子问。

"是谁要安乐死啊？"美金听到了，忙上去抢过哥哥的手机看，上面写着：《澳 104 岁科学家将飞瑞士安乐死：很遗憾活到这个年纪》。

"是啊，为什么要选择安乐死啊？上面说他没有得绝症。而且他是科学家啊，生活在澳大利亚。妈，你不是梦想移民到澳大利亚吗？你最大的愿望不是长生不死吗？你看人家，这些愿望都实现了，却不想活了！"

"我看看。"老婆一听也凑过来，看了一会儿说，"真是！人家想长寿还做不到，这老头长寿了不惜福。好像是摔了一跤，就不想活了。我就是摔断腿也想活——让你爸天天背着我。"

"估计是一时想不开，或者跟孩子赌气。"美金猜，"去了瑞士就想开了，旅游、滑雪、登山，啊，吃奶酪火锅，哇！奶酪火锅！拉好长好长的丝！我好想去啊！"

"他老人家要是吃奶酪火锅有你这么开心，就不会安乐死了。"我说。

"这是一个非常引起关注的新闻，很多媒体都报道了，我都收藏了。"我说，"足金提的问题很好，这是个很好的话题。老人确实是在做人生的一个重大选择，他的选择是：放弃生命。"

当生命值低于零值时，人会选择放弃生命

"一般认为，生命是一个人的人生中最大的利益砝码。如果有计量单位衡量，那会是一个接近极值的正值利益砝码，比如说无穷大，几乎所有的其他利益都无法跟它相比。"我说。

"那还用说，人死了什么都完了！"老婆说。

"我的命，你给我多少钱我都不换！"美金说。

"对！我也不换。"我说，"这是因为我们还有无数梦想、无穷的欲望，还因为我们幸福、我们快乐、我们健康。我们无法割舍这世上的一切。人类渴望长寿、幻想永生，都是基于当下的快乐和欲望，希望这种快乐能永恒，希望心底的欲望能实现。100 年不够，1000 年嫌少，一万岁似乎才是一个能够接受的

寿命。"

"是啊，皇帝都喜欢臣民叫他万岁。可是一个也没做到——爸说了，那叫心理安慰，虚拟的正值，他自己也不相信的。"美金说，她现在每句话都离不开心理分析了。

"但是，"我说，"我相信一个人真要能活到万岁，他的大部分时间都是在一个求死的过程中，就和澳洲这个老人一样。"

"有福不享，为什么啊？"美金不解。

"因为无福可享。"我说。

"当我们逐渐衰老，肌体不断衰退，很多原来拥有的快乐就都没有了。比如没有牙齿，我们吃饭不那么香了；没有性欲，最美好的爱情也不复存在；耳背耳聋，音乐相声小品等一切音频的美就荡然无存；视力衰退甚至失明，那么鲜花、蓝天、碧海、红颜，也只能存在于回忆中，并一天天褪色，直到模糊不清。记忆力下降，可能连朋友、亲人都记不得了；如果身体进一步恶化，大小便失禁，无法行动，那尊严也荡然无存。如果再有疾病的折磨、精神的打击，一个负值接着一个负值，人的生命值终有一天会降至零值，甚至零值以下的。"我说。

美金说："被爸这么一说，到那个程度，人活得确实没有啥意思了。"

"对！"我说，"你们读一下新闻，老人下定决心安乐死，一定是在本来生命值就很低下的时候，又遭受了负值的致命打击。"

"是的。"儿子对着新闻读，"2016 年，由于视力下降，他没法再看剧，驾照也被吊销了。对他而言失去了追求爱好的权利。"

"还有，上个月，独居的他在公寓里摔倒，因为没有人发现，他在公寓里整整躺了两天。作为一个科学家，他希望有尊严、有智慧地活着。随着时光的流逝和身体状况的恶化，他的同龄人、兴趣爱好、工作都已离他而去。"

我说："你们看，这些负值，是不是压垮骆驼身上的最后一根稻草？"

"看来是。"美金接着读，"104 岁生日的时候，老人说：'我很后悔活到这个年纪，我不开心，我想死。'"

我分析道："从这句话看，老人家至少有十八年不快乐的时光。他积累了十八年的负值。"

我接着说："对于一个要强的人来说，当他的尊严也失去的时候，他发现本来无穷大的生命值已经消耗殆尽，已经是负的了。这时，痛苦压倒快乐，每一天对他来说都是巨大的折磨。"

我说着，边在纸上画了两个利益砝码：

生命值利益砝码图

当生命值小于零值，就会出现这种：－生命值<零生命值（死亡）。人会选择利益值较大的利益。

我说："我们总结过，人总会选择此时他认为的最大利益。当他判定自己的生命值是负值时，他会选择零值的生命，即死亡。"

"所以，万岁不是什么好的祝福。因为他将经历一个无比漫长、无比痛苦的煎熬过程。我们说过，一切利益都是发展变化的，这也包括我们认为的，无穷大正值的利益：生命。"

"其实，我们的语言中，是有很多描绘这一心理状态的词汇的：比如痛不欲生，比如生不如死。只不过我们生命值满满的人，都不相信而已。"

美金说："我明白了！为什么这么多人呼吁安乐死，包括琼瑶阿姨。看来死，也是一种权利。"

老婆听到这里，恍然大悟的样子，"看来，追求长生不老没什么意思。我看还是及时行乐吧！"

儿子足金说："爸的意思是，长生没啥意思，到时候还求死不能。但是要是能够不老，长生就有点意思了。"

"对！"我说，"仅仅长生没有意思！所以很多人意识到，健康最重要。如果天天跟植物人一样躺在ICU，全身插满管子，就是活一亿年也没啥意思。"

"老爷爷真的死了！"这天，美金看到了新闻，拿着手机，跑到了书房。

"老人家临死前怎么说？"足金问。

"他说：'我很高兴明天就能结束我的生命！'还有，他面对大量必要的文书流程时，他有点不耐烦，说：'嘿！我们到底在等什么？'他最后一句话是：'这真是个漫长的过程！'"

"看来他老人家真的想离开这个世界！"美金感慨地说。

儿子足金说："我开始以为这个老人是一个个例。但是这几天我在网上搜，看到很多长寿老人都有这样的心理。"

"是吗？"美金问。

"你看，"儿子读起来，"129岁的俄罗斯老人科库·斯塔沃娃直言长寿并不是上帝赐予她的礼物，而是一种惩罚，她说，漫长的时间中没有一天是快乐的。印尼146岁的老人Mbah Gotho，比光绪皇帝还大一岁。他结过四次婚，妻子都早早地离他而去，又眼睁睁看着自己的兄弟姐妹、朋友、孩子们都相继死去，甚至许多孙子、重孙子都去世了。他很伤心，也很孤独，经常说自己活得不耐烦了，死亡成为他最大的心愿。但是就是死不了。最后他选择绝食，通过这种方式离开了这个世界。"

"还是视频呢！看来这是真的！"美金说。

老婆想起了什么，说："别说他们了。我想起你姥爷，前几个月腿动脉栓塞，走不了路，连遛弯儿和老伙伴们聊天的乐子都没有了。我看那段他就有轻生的意思，跟我讲了很多身后的事。要不是咱们家出钱做了手术，腿好些了，我看他生命值也快接近零了。"

"是啊！所以应该看淡生死，珍惜当下！"足金感悟道。

人有比生命更高的利益

“好漂亮的小姑娘，才18岁，花一样的年龄，竟然就这样自杀了！好可惜啊！”这天美金看了一条新闻，拿着手机给我们看照片。

“呦！还是英国的滑雪新星呢！气质这么好，什么事想不开啊？”老婆看着问。

“啥情况？”足金也过来看，见手机屏幕上的标题是：

《痛惜！英滑雪新星18岁生日当天自杀竟因错过航班》

足金说：“天下事真是无奇不有！前几天104岁的老人花钱去瑞士安乐死，已经匪夷所思。这回前途无量的美女滑雪新星又好端端地主动结束生命！爸，这回您咋解释啊？她的生命值不可能是负值了吧？”

“对，她的生命值是正值。不过我猜，她一定遇到了非常不开心的事，就是遇到了大的负值。对于她这个年龄的孩子，一定觉得这是个天大的负值。这个天大的负值砝码，抵消了正值的生命。”我说。

“对！她错过了一次航班，耽误了训练。而且，她家境不富裕，曾经因为缺乏资金退出过比赛，是靠父亲网上筹款才回到赛场。结果又错过了飞机。她觉得对不起家人。舆论分析是她承担了过大的压力。”美金滔滔不绝地解说。

“这么小的事，至于吗？我觉得就是想不开！”老婆说。

“是想不开。”我说，“所谓想不开，就是在计算这个负值的时候，发生了问题。错过训练是负值，承担了全家的希望，但让家人失望是负值，压力也是负值。对于小小年龄的她，她可能承担不了这样大的负值，她觉得负值的砝码大于生命的正值，痛苦和压力让她‘生不如死’，她选择死，获得了解脱，因为这样痛苦最小。总体负值最小。"

"爸你这一分析我有点明白了。前几天我还看到一则新闻：25岁的硕士自杀身亡，好像也是因为一事无成，对不起家人。最后用死来解脱了。"足金说。

"今天我们的话题谈起了自杀，这是一个很灰暗、很棘手的社会问题，因为每年自杀的人数非常多。自杀和其他死亡方式完全不一样，虽然都是死亡，但在心理学上的意义完全不同，因为这是本人选择的。按照我们的理论，这是利益选择。而活着的人，一般是无法理解他们的选择的，特别是他们之中很多是名人，或者成功人士。"

"还真是，好多有名的人啊！包括那么帅的张国荣，还有写《梦里花落知多少》的三毛，他们为什么要选择死啊？"美金说着，挺痛惜的样子。

"我看北京电视台的《档案》，说茜茜公主的儿子，王位继承人鲁道夫，竟然也是自杀，还是殉情自杀。你说未来天下都是他的，真是！"

我说："还是那句话，利益大小是主观判断的。你觉得想不开、不值，当事人则完全不是这样判断。鲁道夫的死好像是因为父皇要求他和情妇断绝关系。绝望的他，开枪击中情妇头部然后自杀。如果事实真是如此的话，就是说，在他的心中，爱情大于未来的王位、大于生命。他的死，就与《罗密欧与朱丽叶》里写的一样，为爱情而死。"

"看来生命有时候并不是最重要的事。"足金若有所思地说，"我看电视上讲明史，说有个叫方孝孺的人，是个大儒。明成祖篡位后想让他起草诏书。他要写了，就升官发财。他却写了四个大字'燕贼篡位'。结果不仅自己被杀，还被灭了十族。成为历史上唯一被灭十族的人。我开始不明白，人是选择最大利益的，一边是升官发财的正值利益，一边是死亡甚至株连十族的巨大负值，为什么要选择后者呢？"

我回答说："因为他心中，有他认为的比升官发财和生命更大的利益，那是什么利益呢？那是'忠'，那是'义'！"

"对！他忠于的是建文帝，那是正统的继承人。朱棣是犯上作乱。知道吗？哥！"美金得意地给足金讲。

"对！儒家的'忠义''忠君爱国'是其思想的核心，也是维系中华几千年社会秩序的思想灵魂。方孝孺作为那个时代的大儒，这是他的信仰。孟子说，生，我所欲也；义，亦我所欲也，二者不可得兼，则舍生而取义。孟子的价值观和利益选择，在方孝孺身上，得到了践行。"我说。

"那匈牙利诗人的'生命诚可贵，爱情价更高'，就在鲁道夫王储身上得到践行了？"美金笑着问。

"也可以这么说吧。"我回答。

马斯洛的利益排序太僵化了

"爸，我有一个疑问，这些天咱们探讨的安乐死啊、自杀啊、赴死啊，都是主动寻求死亡。这好像跟著名心理学家马斯洛的理论，有很多矛盾的地方。如果按照他的理论，这些行为是根本解释不通的。"儿子说。

"马斯洛是干什么的？"美金问。

"没好好做功课吧？还要干股呢！"足金说，然后得意地讲课，"马斯洛是美国的著名心理学家，创造了第三代心理学。他有一个著名的理论，影响很大，叫作需求层次理论。"

"那是什么意思啊？"美金说。

"马斯洛认为人有五大需求，并且是由低向高地分为五个层次。第一层次的需求，叫生理上的需要，包括呼吸、水、食物、睡眠、性等；第二个层次的需求，要高一点，叫安全上的需要，比如人身安全、健康保障、财产资源所有性、道德保障、工作职位保障、家庭安全等；第三个层次呢，更高，叫情感和归属需要，这包括友情、爱情什么的；第四个层次的需求，叫尊重的需要，这包括自我尊重、信心、成就、被尊重；第五个层次的需求，最高，就是著名的自我实现，包括道德、创造力、自觉性、公正度、问题解决能力，接受现实能力等。"足金滔滔不绝，"马斯洛认为这五大需求，是像阶梯一样，由低向高，逐级满足的。就是说，只有低一级的需求得到满足了，人才会产生下一级需求，下一级需求满足了，再下一级。直到最高的自我实现需求。"

"他举例来说，就是当人饥饿时，人对食物的需求是最强烈的，人的意识几乎全被饥饿所占据，人生的全部意义就是吃，其他什么都不重要了。只有当人从生理需要的控制下解放出来时，才有可能出现更高级的需求，比如安全的需要。"

美金听了说："嗯，人饿急了，是挺痛苦的。我昨天中午冲业绩没吃饭，下午打电话的时候人都恍惚了，跟客户讲糖尿病，不能吃这个那个，越讲自己越想吃，什么汉堡包、辣条、鸭脖，口水那个流——不过我们群里就有个姐，减肥，就是不吃。饿得眼冒金星，走路都昏倒了，还坚持每天就吃那么一点点。这个算不算第一个阶梯没满足，就蹦到别的阶梯了？"

"他这个说法太绝对，不科学。"老婆突然插进来，"别说人了，就是鸟，你逮来喂什么都不吃，饿死都不吃，没一个能养活的。还有我们以前学的，上甘岭《一个苹果》的故事，那时候志愿军战士渴成什么样了！牙膏都吃了，好多人得了尿毒症。好不容易送进来一个苹果，谁都不吃，互相谦让。最后连长逼着每人咬一口，转了一圈儿，到连长手里，苹果还剩大半个。要按那个马斯洛的说法，渴成那样，来个苹果，不得打起来啊！"

"我觉得把性放在第一需求也不妥。"儿子也发表意见，"过去光棍多了，难道都要满足了才能干后边的事？而且还有那么多人出家，那都是不近女色的！像唐玄奘、鉴真、鲁智深、武松，还有皇帝出家呢，比如梁武帝；还有李叔同，还有演霍元甲的那个演员，难道都是'花和尚'？好多人真的就是信仰！"

美金揶揄道："对，我哥的意思是，他和我未来的嫂子拉手都少，第一层次的那个需求根本没满足，不也道貌岸然地搞人工智能？那都是自我实现层面的事了！"

"而且他说的那些终极需求都不是我的需求！"老婆说，"我的终极梦想，就是长生不老，有花不完的钱，还有全家幸幸福福的。什么创造性、自觉性、问题解决能力，我想都没想过。"

"我看到一个片子，一个人探险，徒步穿越罗布泊，饿了吃蚂蚁、蜘蛛，渴极了就喝自己的尿，随时有死亡的危险。按照马斯洛的说法，这不反了吗？本来能吃能喝有安全的，非要去自讨苦吃，去探什么险。到底是先满足第一层次、第二层次，还是第五层次啊？"

"这种例子多了去了。我看过一则新闻，讲日本火山爆发，有一个摄影师冒着危险拍摄，胶鞋和裤腿都着火了，还在拍。还有照片呢。那马斯洛说的安全需求，已经完全受到挑战，应该撒腿就跑啊。还有一张照片，是另一个日本摄影师留下的最后一张火山照片，拍完就死了。"

"还有朱自清，饿死不吃美国救济粮，这也解释不了！"

"还有当年荷兰商人，巴伦支船长，坚守契约精神，8 名船员饿死了，也没有动船上客户的货物和食品，这也解释不了！"

"志士不饮盗泉之水，廉者不受嗟来之食，也解释不了！"

"所有仁人志士的献身行为，我觉得都无法解释。"

"饿死事小，失节事大，也解释不了！"足金笑着说，然后问我，"爸，你说说吧？"

我抽了口烟，说："大家说得挺好的。"

"关于心理学，其实弗洛伊德和马斯洛都讲的是利益。弗洛伊德讲梦，得出梦是愿望的达成的结论，就是利益的实现。发现潜意识，其实就是压抑的愿望和利益；马斯洛呢，是讲需求，这也是利益，是需要兑现的利益。阶梯理论，其实讲的就是利益的选择，当然是指正值利益的选择。他认为是按照五个层次、阶梯递进的关系选择的。"

"是不是这样选择呢？我们会发现反例特别多。特别是涉及死，只要是主动地选择死，无论安乐死、自杀或为爱情、为正义、为民族的慷慨赴死，马斯洛理论都很难解释，因为它那里没有死的需求。"

"不过马斯洛说的打动了很多人。因为他的基础需求，吃、喝、呼吸、性、安全是生物的基础需求，你会发现，这些需求，都是涉及生命和生存的。"

"这和我们开始所说的，生命这个利益砝码，几乎是一个极值，是无穷大，是不矛盾的。生命都没有了，你还想干什么呢？"

"但是你会发现，即使是氏族社会，人类在捕获猎物时，也不是因为自己饿就自顾自地独享，而是尊卑有序，要拿回来给首领，或者经过某种程序分配给儿童和妇女。而敌人或者猛兽来临时，也不是因为安全这一基础需求获得威胁，而只顾自己逃跑。相反，要保护妇女、儿童、老者，要挺身而出地战斗、拼搏和牺牲。因为这样种族才能延续。"

"因为人是社会性动物，没有了团队，一样无法生存。所以作为个体的牺牲，很可能是为了种族的生生不息。所以个体的牺牲，就会颠覆他那个阶梯性选择。"

"而马斯洛理论里，似乎没有团队利益，没有个体为集体牺牲的需求和利益。在这个系统里，每个人都是独狼，基本只是自己利益的一个层次又一个层次地满足。其实每个人如果真都是这样行为的话，人类就是一盘散沙，弄不好早绝灭了。"

"我举一个'绝食'的例子。因为马斯洛认为对食物的需求比天还大。我们举当年印度国父圣雄甘地'绝食抗争'的事迹，你会发现，在他身上，马斯洛的金字塔形需求理论，完全失效了。"

我打开电脑，把这段历史念给大家听：

"甘地一生有 18 次绝食。甘地最后一次绝食是在 1948 年，为了终止印穆两教的仇杀。这次绝食严重威胁了甘地的生命：小便化验结果中发现了含有丙酮和酸性成分的毒性物质及其他危险症状，证明导致死亡的过程也已开始。医生力劝甘地停止绝食，但甘地置若罔闻。"

"次日，就是 1948 年的 1 月 16 日，当甘地病危的公报发出，全体印度人震惊了。他们涌向广场，高呼'亲善''团结'和'拯救甘地'。数十万人举行集会，为甘地祈祷。"

"到 18 日的时候，甘地已经不省人事。各派被甘地精神感动，在和解声明上签字。但是甘地依然不肯进食。他要求他们承诺这不是暂时的和解，而是让印度从根本上消除不安定的因素。直到在场的人一一俯身庄严承诺，甘地才宣布停止绝食。"

足金看了说："甘地真伟大！我觉得可以这样分析甘地的行为：食物和生命对甘地来说，都是巨大的利益。但是在他心中，有一个比生命更大的利益：这就是印度的国家利益、人民利益和自己的理想。甘地选择了后者。"

"对！"我说，"我觉得这样解释更合理些。"

※　※　※　※　※

本章总结

一、人的利益选择

人的利益值大小排序因人而异，是和其受到的教育、社会环境、本人的价值观，包括家族遗传因素有关的。本章列举了生命——这一看上去价值无比的利益砝码，其价值经常会变化或者被超越的一些例子。生命的价值都有可能不是第一选择，更何况其他了。

马斯洛列举的需求的阶梯形排序，可以看作概率较大的一种排序，或者说是他那个时代、价值观下，相对多的人的利益排序。而其实很多利益是同时并存的，比如在战争的时候，有时候自己的命运和团队的命运是一体的，甚至团队是大于个体的。总之，需求和利益的大小，刻舟求剑地运用到个体上，是会有问题的。比如英国的滑雪新星自杀的例子，如果家长认为她有吃有穿，满足生命的基础需求，她就会自然进入下一种需求，就不会考虑其自杀的可能。而事实上，承受不住压力而自杀的现象，在当今社会比比皆是。如果知道了利益选择的根本逻辑，就可以通过减少压力、减少期望等方式得以避免。

二、金钱是最特殊的一种利益

人生重大利益之中，除了生命，还有权力、金钱、信仰、爱情、健康，等等。而单独将金钱列举出来，是因为这个利益过于特殊、过于重要，尤其是在当前的社会中。

一则新闻，一名男子因为老婆炒股赔了 180 万元，竟然把她杀了。

很显然，金钱是正值利益，而且是重大的正值利益；而金钱的损失，是巨大的负值。按照下一章利益天平的理论分析，妻子使男子失去金钱，相当于给男子利益托盘上放置了负值，男子作为平衡，也给妻子的利益托盘放置负值：死亡。这是一种疯狂的行为，很多人会抨击"万恶的金钱"，而真正恶的其实是这些人的价值观。

俗话说，"人为财死，鸟为食亡"。在今天的经济社会，金钱的地位越来越重要。当它的重要性、万能性超过其他信仰，金钱就上升成一种信仰，即"拜金主义"。

为什么一张纸有这么神奇的力量？因为金钱不是纸，它是利益。与其他各种利益相比较，它有两种特别的属性：

1. 金钱是利益的法码

这种凝结体现在它可以变戏法般地变化成任何你想要的其他利益：食物、衣服、汽车、房屋、服务、尊严、安全、自信，甚至权力。

因为金钱是利益的凝结，所以金钱可以衡量价值。即使是精神利益，在某种程度上，都可以用金钱进行衡量。比如说，我们经常听到赔偿精神损失费多少钱。当然，也有很多利益是无法用金钱衡量的。因为金钱并不是最高利益，对于很多人来说。

2. 金钱是可以用于交换的利益法码

如果没有交换，金钱就不是利益。我们可以设想一种极端的情况：如果世界上只有你一个人，你会发现，即使你的美元堆积得如珠穆朗玛峰一样高，它也是一座纸山，除了用来生火，它没有任何价值。

所以，金钱是用于人与人之间的利益交换的特殊的法码。它基于他人的存在而存在，没有了他人，金钱便没有了任何意义。它是人的社会属性的产品。

人与人之间的利益交换，是一个伟大的行为。这应该是人与其他生物拉开差距的核心行为和心理。我们用于分析这种行为的心理学工具，是利益天平。

第五章　贸易战开战话天平

"打起来了！打起来了！"儿子一进屋就喊。

"怎么又打起来了？谁跟谁打起来了？"老婆慌慌张张地问。

"美国跟欧洲，美国跟土耳其……"儿子边看手机边说。

"嗨！吓我一跳，我以为咱们家跟谁打起来了呢！"

"要关心国际大事，妈！世界是普遍联系的。你没听说吗？南美的蝴蝶扇几下翅膀，美国就会出现龙卷风。"

"那这些国家是怎么反应的？"美金问。

"反击呗！第一反应都差不多，就是对等制裁。"

"对等制裁？就是咱爸说的，你往我的利益托盘上放一个负值，我就回敬你利益托盘上一个负值呗！"

"对！就是这个意思。"足金说。

利益天平是讲人与人关系的事

"爸，您讲的利益天平就是测量利益大小的吧？"美金问。

"不是。"我说，"测量利益大小的是利益砝码。利益天平是讲人与人之间的利益关系的。我们常说'权衡'这个词，权就是秤砣，是砝码；而衡呢，就是秤，是天平。我们用天平的概念衡量人与人之间的利益交换、情感交流，从而可以帮助计算爱恨情仇，可以帮助改善和领悟人际关系。"

"我刚看了一则新闻，"老婆边说边读手机，"美国心理学教授霍华德·弗里德曼和莱斯利·马丁经过二十年的研究，出版新书《长寿工程》。得出的结论是，决定人类寿命的因素，不是吸烟喝酒之类的生活习惯，而是人际关系！"

"那太好了！爸你快讲！我们弄明白了，不但可以长寿，我还可以用这个来管理团队！以后交了男朋友，我就拿这个天平来检验他！"美金兴奋地说。

"对！"足金也说，"上次您分析美金该怎样对付追求者的时候，我就觉得这个天平最有意思，你就快讲吧！"

我说："我们所说的利益天平，其实也可以叫心理天平。是指一个人在与别人交流交往时，他自己内心会有杆秤：这个秤在他心里，一边是自己，一边是别人。他与别人进行利益交换时，会不断计算双方的利益得失，而产生不同的情感和行为。"

我问："美金，你今天买什么东西了吗？"

"哪有工夫买啊！今天都忙死了！"美金噘着嘴，"对，我中午点餐，买了份红烧肉盖饭，20块钱！"

"对！这就是利益天平！"我边说边画，"我们先画一个天平，这是美金的心理天平，天平的左边代表美金，那个托盘，代表美金获得的利益；天平的右边是商家，那个托盘，是承载着商家获得的利益。美金花了 20 块钱，是在商家的利益托盘中，放上了 20 元的正值利益，作为交换，商家也往美金的利益托盘上回报了一个对等的正值利益：红烧肉。由于购买时价格是双方认可的，只要美金吃到的红烧肉量足味正，这个利益天平就是平衡的。双方都处于满意的状态。"

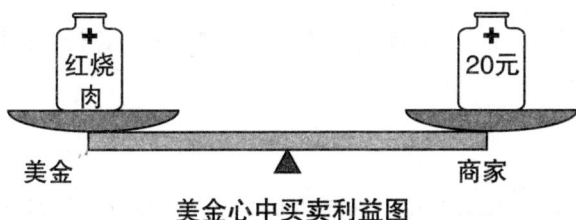

美金心中买卖利益图

给商家的 20 元，换来满意的红烧肉。

"嗯！我明白了！"美金说，"如果黑心的商家给我的是一块臭肉或者差肉、分量不足，我就不满意！因为这个利益天平是不平衡的！"

"对！"我说，"不满意是一个负值的情感利益，是一个负值的砝码。美金会在心理天平上将这个负值砝码放在商家的利益托盘上，虚拟地达到平衡。如果有机会，美金会采取行动，现实地找平利益天平。"

美金站起来，气愤地说："我会给他差评！我会投诉他！我会号召公司里的人，都不点他家的餐。"

"看，这就是负值的行为，加在商家的利益托盘上。这样美金就心理平衡了，而气愤的情感就消失了。就是我们说的'解气了'。"我解释说。

美金心中买卖利益天平图

如果 20 元买的是差肉，就会给商家负值的评价，以使心理平衡。

我说："其实人与人之间的交往，谁对我好、谁对我不好，心里都是记着一本账的。咱们不是看过北京台的《档案》节目吗？里面有一集，是介绍大明星安吉丽娜·朱莉的家庭恩怨：因为她的父亲抛弃了母亲，和别的女人结婚了，安吉丽娜·朱莉就一直在报复他，甚至连自己的姓都改了，表示不认这个父亲。父亲几乎用尽一生帮助朱莉，以弥补他的过错。但是忽略了朱莉的母亲，结果你猜怎么着？片子说'这个温柔而坚强的母亲，将一生中的爱与恨，都写进了她的遗嘱中'，她把遗产留给了深爱的儿子和女儿，还给孙子留了一部分。片子说：'然而翻到遗嘱的下一页，却是刺眼的怨恨，安吉丽娜的母亲，亲笔写下了这样一段话：18 万元，乔恩·沃伊特欠我的，离婚赡养费。'——'没人能想到，这短短的一行字，安吉丽娜的母亲写了多久，但也正是这短短的一行字，全然道出了她至死都无法原谅前夫的怨恨'——你看，即使是夫妻之间、亲人之间，每一份利益也到死都记得呢！"

"我记得那个片子呢！当时我就说，他爸的努力要是早花在他前妻身上，他们家的恩怨就摆平了。"美金说。

"其实只要付出这18万美元，怨恨就不至于那么深。"我说，"因为正值会抵消一部分负值。如果给的正值足够多，天平就平衡了。"

"这就是您说的利益天平的'找平原理'？"

"对！"我说，"我们语言中很多词汇和句子，其实都是反映'找平原理'的，比如互利互惠、人不犯我我不犯人、来而不往非礼也、以其人之道还治其人之身、善有善报恶有恶报，等等，我们只是把它总结归纳出来而已。"

打招呼中的"找平原理"

我说："利益天平的找平原理，就是我们常说的'心理平衡'，是指利益天平的两方，有通过利益砝码进行找平，使天平处于平衡的本能。如果现实利益法码暂时不能够找平，将以感情砝码替代之。"

我想一下，又补充说："并且双方越平等、越重视对方，这种找平的欲望越强烈。"

"比如说吧，最简单常见的例子：打招呼。"我说，"美金，每天早晨你到单位时，你见到同事，是怎么打招呼的啊？"

美金一听，马上站起来，做个飞吻的动作："我会说：'亲爱的，早！'"

"那同事会怎样回答呢？"我问。

"当然是，'早！亲爱的！'"美金接着模仿。

"对！"我说，"你看小小的打招呼，就体现了心理平衡的原理。你向对方问好，对方也会向你问好。因为你给了他一个正值的利益，按照'找平原理'，他也会给你一个正值利益。这样天平就平了，大家快快乐乐，心满意足。"

"还有握手，"足金也举例说，"对方伸出手来，你也伸出手来，握在一起，也是友好平衡的行为。"

"如果我伸出手，对方却拒绝了呢？"美金问。

我说："那样平衡就打破了，会建立新的平衡，我们后面会说。"

"我再说一种情况，"我说，"如果在交往中，我先给对方一个负值，比如踩到对方脚了，应该怎么办呢？该怎样打这个招呼呢？"

美金说："这太简单了！我就说'对不起！'在国外就是'Sorry！'"

"那么对方会怎么回答呢？"

"没关系！没关系！一点关系也没有！"美金拼命摆手表演着。

"很好！"我说，"那么你们来计算一下，这种情况下的利益天平图，该怎样画？"

足金、美金一听，都信心十足地画起来。

"天啊！"美金叫，"对不起是正值还是负值啊！如果是负值，我已经给了对方一个负值了，踩到人家脚了，再给人家一个负值，人家不扇我一耳光啊？"

"是啊，"足金也挠头，"按理说，你给对方一个负值，应该再给对方一个正值才能平衡，但是'对不起'好像不是正值啊？"

我笑着说："'对不起'肯定是负值的词汇。'对不起'是道歉的意思，道歉的'歉'，古文中同'欠'，就是'欠'，是欠对方的意思，意思是我欠你的。所以'对不起'这个负值利益砝码，是给自己的。"

"哇！数学好奇妙！"美金马上画了出来，"是给自己一个负值！不小心给了别人一个负值，然后说'抱歉'，等于自己给自己一个负值，嘿，这样天平平衡了！"

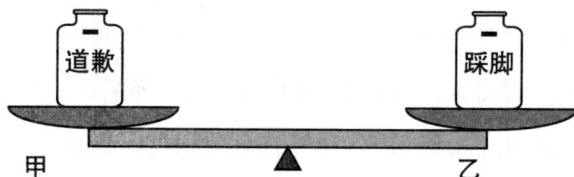

道歉利益天平图

因为给了对方一个负值，可以通过给自己一个负值，使利益天平平衡。

"有时候我们给自己的负值是更清晰明显的，比如说自己

'我错了'，骂自己'不是东西''我有罪'，甚至屈膝下跪，也都是一个原理。"我说。

"如果对方回答说'没关系'，其实就是确认了这种平衡。"我说，"不过，给自己负值并不是一件容易的事哦，因为这是违反人性的：因为人的本能是不愿意给自己负值的。"

我说："与此同理，认错也是一种给自己负值的行为。这些都是很不容易做到的。"

为什么一言不合，会把对方推下地铁站台？

"看！这则新闻，这个就符合爸说的'找平原理'。"足金拿过来一篇新闻给大家看。

大家过来看题目，写的是：《悲剧！女子3岁儿子被烫伤，她却烧开水泼向邻家孩子进行报复》。

"这太过分了！"老婆看了就说。

"是苏州发生的事。"足金解说着新闻，"女子的孩子是被邻家放在过道的热水瓶烫伤的，据说女子多次提醒邻家，不要将开水瓶放在过道里，以免孩子碰倒被烫伤。邻家就是置之不理。自己3岁的儿子被烫伤后，女子向邻家追讨医药费，也争论不休达不成结果。女子竟然一时冲动，故意将一盆开水浇在邻居8岁孩子的背上，造成大面积烫伤。"

"对！这个案子非常符合心理平衡的原理。"我说。

"还有一个呢！"美金又翻出了一个新闻，最近大家找案例的兴趣很大，"你看，《读者给小说打差评，被作者跨越800里打晕》!"

"都是什么事啊!"老婆对现在的事越来越看不惯。

"这是英国的事,妈。"美金解说道,"苏格兰一个少女佩奇给一部小说打了差评后,竟被作者用社交媒体定位,从英格兰出发,跨越800里,找到佩奇,并用酒瓶将其打昏。"

我说:"这个人应该属于睚眦必报的那种人。你看他的为心理找平衡的本能有多强烈!"

"还有呢!"美金又找到一条,"咱们看看这个算不算啊。"

大家问什么内容,看到标题写着《石景山地铁内两女乘客发生争执,女乘客被推下站台》。

我说:"美金你简单说一下过程。"

美金说:"事情发生在上班早高峰,人很多。被推的女人在前头,推人的马某在后面。被推的女乘客用胳膊顶马某,马某问:'你是故意的吗?'被推的女人竟然回答:'对! 我是故意的!'结果马某就那么一推,就把她推下去了。"

我说:"你们看,这个案子,表面看,是马某丧尽天良,因为口角,竟然把对方往死里搞。"

"而实际上,很可能双方都是和你我一样的人。只是因为一件小事、一两句口角,失去控制,就有可能造成悲剧。"

"从因果关系上看,被推的女乘客过错在先,她顶了马某,给了马某一个负值。这点在派出所她也承认了。"

"按照利益天平的找平原理,她应该说一声道歉。这件事很可能就结束了。"

"然而被推的女乘客没有道歉，反而说：'对！我是故意的！'这样一下子就使天平失衡了，因为原来马某认为是不小心顶到她，这是一个情有可原的负值，现在这个负值不但没有变小，反而变大了，因为是'故意的'。马某于是迅速产生了找平的本能，要回报对方一个负值的利益，在失去理智的情况下，把对方推下站台。"

"嗯，要是我，说不定脑子一热也会这样做呢！"美金后怕地说，"那样弄不好就成杀人犯了，真可怕！"

"我看她们后来态度都挺好的，都认识到自己的错了，事情没有酿成恶果。其实都是人民内部矛盾，只要双方稍微懂得一点心理学原理，就不至于如此。"我说。

我继续说："我也举一个案例，那就是真正的悲剧了。"

"这个悲剧，是从我们经常遇到的路怒开始的。"

我打开百度，又输入了一个关键词"争吵把孩子摔死"，然后赫然跳出这样的一个标题：

《争执一分钟，他就摔死了孩子！》。

女儿看了报道，说："太可怕了，因为一句口角，就把人家孩子活活摔死了！"

"就是因为一个购物车！这个我们生活中太常见了！"儿子也感慨地说，"购物车挡了韩某的道。据韩某说过程中他还试图缓解，拍了女人一下胳膊，说：'大姐怎么这么大的火气，犯得着吗？'"

"但韩某说，女子竟然将购物车横在他面前，这一举动激怒了韩某，他打了女人一个耳光，却被女子拽倒。他之前刚喝过酒，情绪失控，所以就疯狂地从婴儿车内抓起女童，把女童活活摔死。"美金继续读着。

我说："这是人生的惨剧啊！本来都是路人，无冤无仇。一个小小的口角，其实就是嘴皮的轻轻颤动，似乎并没有多大利益的损失。如果有一方忍耐一下，或者给个道歉，女人、女人的孩子、韩某，可能都是幸福的人生。"

"有时候，人与人利益天平上的一个小小的失衡，如果处理不当、理智上的某一次丧失和失控，无限放大对方的负值砝码，双方负值互掷，不可控制，都可能造成一生永远无法挽回的错误。三个人成为永远的悲剧，覆水难收、肝肠寸断、以泪洗面、永不瞑目！"

吴起为士兵吸脓，为何士兵母亲大哭

"爸，您说利益天平的规则，能不能用于我的管理啊？"足金问，他们部门最近招到不少新人，开始天天为如何管理犯愁。

"应该是可以的！"我说，"咱们先不说你们部门的管理，咱们先说说中国古代的故事，比如说吴起吸脓的故事。"

"这个我知道！"美金马上说，"吴起，他是春秋时期的天才军事家。他和士兵同甘共苦。有一次，有个士兵后背长了个大脓包。他竟然亲自趴到他背上吸。这个士兵的母亲听说了，嚎

嗬大哭。别人都奇怪，问她：'大将军对你儿子这么好，还为你儿子亲自吸脓，你干吗哭啊？高兴还来不及呢！'士兵的母亲说：'根本不是这样的！当年吴起就为孩子的父亲吸过脓，所以孩子父亲到战场就不顾一切地拼命，战死了。这回他又为我儿子吸脓，我儿子也回不来了！'"

"讲得真不错！"我赞不绝口，"女儿真是学文的料，做销售可惜了。足金，你可以用利益天平的原则分析一下这个故事。"

"嗯，我看吴起这就是收买人心。吸脓就是给士兵正值的利益砝码，让士兵感觉：将军对我太好了，我欠将军的。按照心理天平的找平原理，士兵就有了报效将军的心理本能，冲锋陷阵，甚至不惜生命。"

"讲得不错！"我高兴地说，"实际上，士兵和将军本身的地位是不平等的。正常情况下，都是士兵伺候将军。吴起反其道而行之，伺候士兵，为他们吸脓，士兵就会放大吴起给的利益，我们称之为：'受宠若惊'而感激涕零。而后士兵会产生强烈的回报本能，而他们能回报的方式，只有勇敢冲锋、以死相报。吴起这种方法你也可以看成收买人心，但是他确实知道如何收买。他能成为兵神，和深谙'利益找平'的心理规律不无关系。"

"再说一个例子，"我说，"你们谁听说过唐太宗死前贬李勣的故事吗？"

儿子、女儿你看看我、我看看你，显然没有听说过。

"李勣就是你们听隋唐演义中讲的徐茂公，因为功劳很大，被唐太宗李世民赐姓李。"我说，"李勣能打仗，把突厥都消灭了。他掌握兵权。但是唐太宗这时候要死了。他选择儿子李治作为继承人，就是后来的唐高宗。儿子性格懦弱，唐太宗需要掌握军队的实力派人物李勣忠诚于李治，辅佐李治，但是又怕儿子驾驭不了李勣。"

"唐太宗在临终前，下一道旨，将功勋卓著的李勣给贬到迭州。儿子问：'李勣有功无过，为什么要处罚他？'唐太宗说：'李勣才智过人，但是你于他无恩，恐怕难以使他效忠。我现在把他贬黜到地方，如果他马上出发，等我死后，你就重新起用他为仆射'。"

足金听到这里，马上分析说："这是唐太宗在帮儿子收买人心。他把徐茂公贬了，儿子唐高宗一上台，就把徐茂公升个更大的官。这样本来对徐茂公无恩的唐高宗，就有了恩。按照找平原理，徐茂公就会感激涕零，知恩图报嘛。"

"嗯，儿子分析得有水平。那你们知道，李勣听到唐太宗贬他到迭州的旨意后，是什么反应吗？"

"不知道。他不会哭了吧？"美金说。

我说："唐太宗让人观察李勣的反应，如果有不满，就杀掉他。结果人家李勣一听，连家都不回，直接就去迭州了。"

"真牛！徐茂公就是聪明！"美金欣赏地说，"一般人咋也回家拿个牙膏牙刷铺盖卷什么的，说明他看懂了唐太宗的心思。

不过，在古代当官，真是心惊肉跳啊，如果不懂心理天平原理，命都可能没了呢！"

"对！这就是政治！"我说，"关键是后来李勣果然对唐高宗知恩图报。在立武则天为皇后的问题上，长孙无忌、褚遂良等顾命大臣一致反对的情况下，唯有李勣力挺唐高宗，说'这是陛下的家事'，也算是完成了对唐高宗的回报吧！"

"嗯，我得想想我要用什么办法把手下的这些人笼络起来。"儿子嘟嘟囔囔，若有所思。

"我再给你们讲一个'绝缨之宴'的故事吧！"看着儿子、女儿入门，我心情大爽，谈兴更浓。

"什么叫'绝缨之宴'啊？"

"这说的是'春秋五霸'之一楚庄王的事。"我讲起来，"有一次啊，楚庄王打了胜仗，大宴群臣，喝到黄昏了，楚庄王让点上蜡烛，继续喝，还让最宠爱的美人许姬给文臣武将敬酒。突然啊，一阵风把蜡烛熄灭了，什么都看不见了。这时候有个人就趁机拉许姬的手，想要吃她豆腐。许姬挣脱，并一把把那人帽子上的缨带扯下来。许姬马上跑到楚庄王那儿告状非礼之事，让楚庄王赶紧点蜡烛，看谁的帽子上没有缨带，抓住那个人。"

"许姬真聪明！这下子这个臭流氓死定了！"美金高兴地说。

"对！朋友妻不可欺，何况是君王！"我说，"不过要是那样做的话，他就不是春秋五霸，而是平庸的君王了。"

"楚庄王听完，下令'先不要点蜡烛'，然后说：'为了尽兴，今天在座所有人都要把帽子上的缨带解下来。'等大家都解下缨带，才重新点燃蜡烛。"

"楚庄王的心胸真宽啊！"足金感叹道。

"后来庄王与晋国交战的时候，有一名楚将名唐狡异常勇猛，大败敌军。楚庄王论功行赏时，此人却表示不要赏赐，并坦言自己就是当年宴会上无礼之人，拼死杀敌就是报当年不究之恩。"

"是不是可以这样分析，爸？"足金开始在纸上画利益天平，"楚庄王该给唐狡负值而没给，等于唐狡欠楚庄王一个人情。唐狡拼死杀敌，就是给楚庄王一个正值，还这个人情。"

"说得不错，不过只说对了一半。"我说，"对于楚庄王来说，唐狡侵犯他的女人，他应该给予唐狡以负值的惩罚，他完全有能力做到这一点。但是他没做，而且是心甘情愿地没有做，这个行为叫宽恕，就是将对方给予自己的负值抹去，或者封存起来。这是一个高的境界。他具有很强的心理调整能力和大局观。这就是所谓'超我'，或者说这就是其能成为霸主的、超越常人的心理素质。"

越王勾践是如何翻盘的？

"我再讲一个故事，这个大家都非常熟悉：越王勾践如何逆境中翻盘的故事，大家用心理学分析一下。"

"卧薪尝胆！"美金说。

"卧薪尝胆那是没办法的事情。如果夫差杀了勾践，他连卧薪尝胆的机会都没有了。"我说。

"首先，越王勾践是夫差的杀父仇人。这是第一层利益天平的关系。夫差的父亲叫阖闾，在一次战役中被勾践杀死了。"

"对吴王夫差来说，杀父是巨大的负值。在没有杀死勾践前，他会用仇恨，这个强烈的负值情感加在勾践一方的利益托盘上，以达到心理上的虚拟平衡。为了不忘此深仇大恨，他每天都让宫廷两侧的侍卫喊他的名字：'夫差！你忘了勾践杀了你父亲了吗？'每次夫差都含泪大声回答：'不！我绝不敢忘！'"

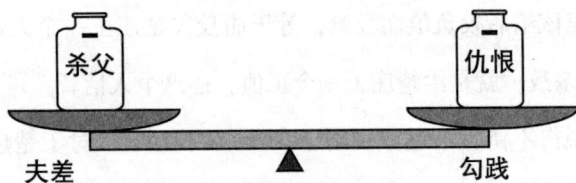

吴王夫差利益天平图

勾践杀死其父亲，在他没能报仇的时候，会以仇恨这一负值感情放在勾践的利益托盘上，这就是我们常说的"杀父之仇"。这使他获得了心理的虚拟平衡。

"看来夫差真是恨死勾践了！"美金说。

"报仇的机会到了！"我说，"吴国和越国决战。越国大败，亡国在即。如果按正常情况，灭了越国，夫差该怎样对待越王勾践？"我问。

"应该千刀万剐，五马分尸！"足金回答。

"对！这是很多亡国之君的必然命运。勾践此时已经没有任何翻盘的机会了，如同当年蒙古大军围攻中的西夏。但是，勾践翻盘了。"我说。

"那他是怎样翻盘的呢？"足金非常好奇。

"首先是让对方改变利益判断。"我说，"因为利益判断是主观唯心的，利益是可以变化的，所以勾践就抓住这一点。"

"他用重金行贿夫差的宠臣伯嚭，通过伯嚭劝说吴王夫差。劝说，就是通过利益分析，改变对方的利益判断。让我们看一下伯嚭说了什么？"

"吴王听说越王勾践想要投降，大怒：'我跟越国有不共戴天之仇，怎么可能同意他投降？'伯嚭说：'孙子讲过，战争是凶器，可以暂时用一下，不可能永远用下去。越国得罪大王，但是他已经提出最卑下的请求，他的国王去做你的臣子奴仆，他的妻妾都是大王的妻妾，越国的所有宝器珍玩，都是您王宫的了，所求的就是宗祠不被灭绝。大王接受越国的请降，得到厚实的利益；宽恕越国的罪恶，向列国显示了仁慈之心。名利双收，您就是未来的霸主！'"

"讲完越国投降的好处后，又开始讲灭越国的坏处：如果大王非要剿灭越国，敌人肯定会鱼死网破、狗急跳墙。困兽犹斗，胜负难料。到最后越王大势已去，肯定是杀妻子、焚宗庙，把金银珠宝沉到江底，大王能得到啥呢？"

"经过伯嚭这番利弊分析后，吴王夫差开始犹豫了。这时候，越国又加把火，同意勾践夫妇去吴国做奴仆。这对夫差来说，又得到了一个重大的正值利益：让越国的国王做自己的奴仆，自己能随时掌握勾践的命运。加上掠夺的金银财宝、无数美女，这是胜利的巨大荣耀。越国年年进贡、岁岁称臣的结果，在获得无数巨大的正值之后，夫差的心理天平已经基本平衡了。于是答应了勾践求和的请求。而勾践则用这些屈辱，换来了自己苟活的性命。"

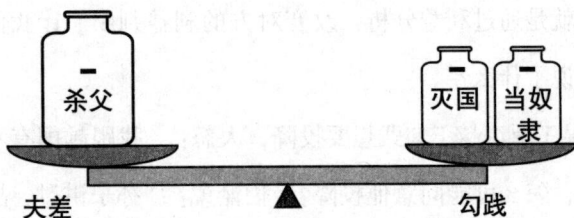

夫差利益天平图

夫差灭越国，又使勾践去吴国为奴，在勾践利益托盘上放上两个巨大的现实负值利益。此时夫差心理基本平衡，复仇成功，而替代的感情负值利益的恨随即消失。

我说："让我们看勾践如何继续表演，让原来有深仇大恨的夫差，内心继续反转。"

"如何反转？就是继续给自己以负值利益，给夫差以正值利益：勾践到吴国，见到吴王夫差，和老婆一起肉袒伏于阶下。范蠡将进献宝物、美女的单子呈上，勾践磕头不止说：'东海役臣勾践，不自量力，得罪边境。大王赦免我的大罪，愿意拿着簸箕扫帚，做您的奴仆。'"

"勾践住在石屋中，蓬头垢衣，为吴王养马。吴王只要驾车出游，勾践就在前面执马，夫人则打扫厕所和卫生，态度一直恭敬。"

"转机出现了。"我说，"有一天，夫差登姑苏台，看到了这样一幕：越王及夫人端坐于马粪之旁，范蠡恭敬立于其左，君臣之礼存，夫妇之仪具。夫差对伯嚭说：'越王就是个小国的君王，范蠡不过普通的人，在如此窘迫的境地，不失君臣之礼，寡人心甚敬之。'"

"看到没有？"我说，"对于杀父仇人，夫差开始'深敬之'。为什么呢？因为勾践成为奴隶后的低声下气、恭敬侍奉，基本已经让夫差完成了心理平衡。这时候夫差心中的利益天平，随时可以重新演化。他看到勾践在如此窘迫的境地，君臣之礼不失，开始产生'尊敬'的感觉：为什么尊敬？因为对方虽然处于奴隶的地位，但是内部仍保持君王的体统，让夫差用平等的天平基准看待他。另外，就是夫差关注勾践——这就是为什么我们的'找平原理'中要加上那两条：关注和平等。"

"嗯，越重视、越平等，'找平原理'越起作用！"足金说。

"关键的核武器来了！"我说，"勾践明显感觉到火候差不多了，要在夫差的心理天平上，扔下一个重磅炸弹：改变命运的超级正值！"

"这一天，吴王夫差病了，几个月都没好。勾践说自己听到大王病了，寝食难安，要来看望大王。吴王同意了。"

"勾践见到吴王，叩首说：'囚臣听到您龙体失调，肝肠寸断。'——这话意义不大，夫差听多了，但是——这时候吴王腹胀想大便，让大家都出去。勾践说：'我曾经学过医，能通过观察粪便知道病情的轻重。'——于是竟取桶中夫差的粪便，跪而尝之，左右之人看了都捂着鼻子。勾践叩头祝贺：'臣尝大王之粪，味苦且酸，正应春夏发生之气，大王的病很快就会痊愈的！'"

"这是一个超级的利益砝码，对夫差是一个超级的正值。吴王夫差的心理天平发生了质的反转。《东周列国志》里这样写：吴王大悦。他大声说：'仁哉！勾践也。就是臣子对君父的敬爱忠诚，也没有人愿意尝粪来诊治他的病的！'"

"他问宠臣伯嚭：'你能做到吗?'伯嚭说：'我虽深爱大王，但是我也做不到。'夫差说：'不仅是你做不到，就是我亲儿子也做不到！'"

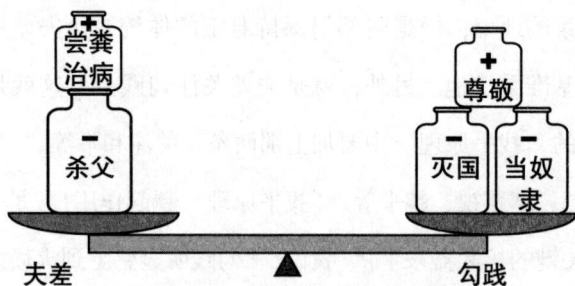

夫差利益天平图（继续）

在夫差已经基本心理平衡的时候，勾践所做的所有给自己的负值、给夫差的正值都会改变夫差的看法。特别是其尝粪为夫差看病，是给夫差一个巨大的正值。夫差对勾践产生了尊敬，若继续关押勾践，自己会产生愧疚和自责。于是剧本扭转。

"你们看！剧情反转了。夫差病好之后，马上设宴请勾践。勾践还故意穿着囚服来，夫差命他们沐浴，换上好的衣服。勾践叩谢，夫差慌忙扶起，说：'越王是仁德之人，怎能继续受到屈辱？'——看！杀父仇人已经逆转为仁德之人。对仁德之人该怎么做？夫差给出了答案：让他回国，重新当国王，而且亲自摆酒送行。"

"这太神奇了！"美金说，"看来古代政治家，都是心理学家！"

我说："勾践是心理学家，但是夫差不是。"

我接着说："其实夫差只要能够画出越王勾践心中的利益天平图，他就能立即知道勾践是在演戏！"

足金马上开始画"勾践心理天平图"。

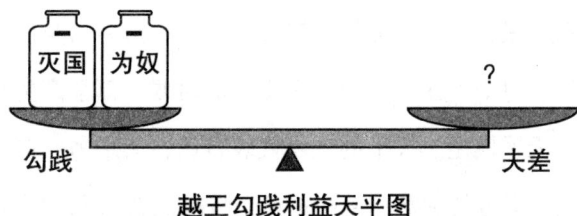

越王勾践利益天平图

勾践心中，是另一个图景，自己被夫差灭国，奉献珠宝美女，自己屈身为奴，都是巨大的负值利益。对于其应该产生的感情，如果使天平平衡的话，一定是巨大的负值感情：仇恨。

"他应该产生'恨',而且是'深仇大恨'。"足金得出结论。

"对!"我说,"人有时爱看他人的行为,因为他没有能力琢磨出他人的内心。但是行为是可以表演的,内心是可以掩饰的。夫差也是,看勾践的行为,是天下第一仁德之人。但是他错了,错的代价很惨烈——国破身死。曾经无比强大的吴国,从此消失!"

"但还是有人看出勾践的伎俩了!"足金说。

"对!"我说,"伍子胥把勾践的表演看得透透的,他说:'越王在吴国当奴隶,怨恨在心。勾践下尝大王之粪,实上食大王之心。大王你要认识不到这一点,吴国就要灭亡了!'"

"伍子胥真是智者啊!"儿子感叹。

※　※　※　※　※

本章总结

利益天平,是用以考量人与人之间利益关系的类似天平的心理模型。每个人在与另一个人交往的时候,都会产生自己心中的利益天平模型。天平的一侧代表自己,天平另一侧代表对方。自己给对方的利益,无论正负,将以利益砝码的形式放在对方利益托盘中;对方给自己的利益,无论正负,将以利益砝码的形式放在自己的利益托盘上。借此衡量亏欠,进而产生各种情感和行为。

而心理平衡法则，则是指利益天平的两方，有通过利益砝码进行找平，使天平平衡的本能。如果现实利益不能够找平，将以感情砝码替代之。并且双方越平等、越重视对方，这种找平的欲望越强烈。心理平衡法则，也叫作"找平原理"。

当然所谓"找平"，是一种心理上的行为，因为利益大小的判断是因人而异的。有可能利益天平的一方认为找平了，而另一方不这么认为。但是这种"找平原理"依然存在。

"找平原理"和实际的行为会有区别，因为人还有其他利益的考量。人会总体遵照利益最大化原则进行，所以找平原理只是一种本能和心理动力。

天平基准：本书是按照现代社会人与人平等的基础，进行利益天平的心理分析的。这种理想的情况，可以看作天平基准是平的，就跟我们物理实验室使用的标准天平一样。而实际上，很多时代，很多情况，人与人是不平等的。这种情况下，你可以看作天平基准是不平的，或者天平一开始就是倾斜的。比如古代帝王和臣子的关系，见面就是三拜九叩，赐死还要谢恩。天平基准是倾斜的时候，一样有心理平衡法则，只不过更加复杂，可能将在以后的作品中专门探讨。

心理不平衡是一种不稳定的、渴望找平的状态。即使你在利益天平上属于获利方，也会有找平的动力。如本章最后举的吴王夫差的例子，他在占绝对上风的情况下，也会产生愧疚、歉意的强烈感受，会努力使天平找平。双方关系越重要、越平等，这种感觉就越强烈。这些在之后的章节中会有进一步展现。

第六章　秦桧想站起，善恶由谁定？

　　"真是乱了套了，秦桧都想站起来!"这天，儿子看着新闻，又义愤填膺地跑过来。

　　"秦桧不都死了八辈子了吗？他怎么站起来？"老婆一脸迷惑。

　　"网上的新闻：秦桧的后人喊冤呢！说岳飞庙前秦桧下跪的塑像，跪得太久了，都跪了900年了！不应该再跪了。言下之意就是，跪这么久了，足以抵消其罪恶了!"儿子很生气的样子。

　　"他想站起来就站起来啊？"老婆说，"他得问岳飞后人愿不愿意。"

　　"岳飞后人愿意也不行!"美金说，"他们愿意了，我们还不愿意呢!"

　　我说："这事有意思。你们发现没有，无论后人要塑造跪像，让秦桧千秋万代地跪在岳飞面前也好，还是有人觉得跪够了，希望秦桧站起来也好，其实当事人：岳飞和秦桧，他们都是无从知道的。这其实反映的是后人心理诉求、后人的评价系统，也是后人的利益天平。"

人心相当于公平秤

我说："大家想过没有，为什么后人要专门为岳飞建岳飞庙，而且这个庙和其他庙有一个最大的不同，就是前面永远跪着两个人：秦桧和他老婆？"

"据说历史上秦桧夫妇的跪像，有成百上千对，保存至今的还有七对，都是反剪双手，面目沮丧羞愧的神态。岳飞的正气凛然和秦桧夫妇的下跪赎罪，形成了一个鲜明对比。"

"那是由于秦桧夫妇太坏了，害死了岳飞！"美金说。

"对！"我说，"最主要的是，岳飞之死，是千古奇冤！"

"我们先说什么是'冤案'。'冤案'，就是没有犯罪的人，却按照犯罪人的罪行受到了惩罚。这是一个不平衡的天平。不仅当事人心理不平衡，旁观的人心理也不平衡，因为这种倾斜的天平违反'找平原理'、违反人性。所以冤案要昭雪。昭雪了，大家的心理就基本平衡了。"我说。

"但是岳飞的冤案不同，它是千古奇冤。为什么叫'千古奇冤'？因为它不是没有犯罪的人受到了惩罚。它是一个'精忠报国'、'雪靖康之耻'、抗击侵略者，为中华民族立下丰功伟绩的人，受到了非人的对待，全家惨死于风波亭中。这是一个彻底倾斜、乾坤颠倒的利益天平。虽然这一利益天平，本是岳飞与大宋王朝之间的，但是后人作为中华的后裔，认可自己与中华民族的归属关系，所以他们有着强烈的找平本能：简单的冤案昭雪已经不可能纠正如此巨大的倾斜，他们需要更强大的找平方式。"

"什么方式？一方面对岳飞，是拼命给正值，用一切能表达的各种方式，讴歌甚至神话岳飞，比如我们从小听的评书《说岳全传》；另一方面，对秦桧，拼命给负值：在文学上诋毁其形象，说其是金朝在宋朝的卧底。在雕塑上，绳捆索绑，屈膝下跪，并且世世代代在岳飞面前赎罪。"

足金说："我看历史揭秘，说秦桧当年在金朝大营表现英勇，并不是叛徒。而且秦桧的书法一绝，我们的宋体字就是他创立的，只不过人们恨秦桧，没有按常规称之为'秦体'，而是叫'宋体'。"

我笑着说："儿子知道得还不少！为什么秦桧这些好的事情千百年来都不说，都被忽略了？是因为这是正值。人民群众非常不愿意给秦桧一丝丝正值，即使这些确实是他做的。因为那样做，他们无法做到心理平衡。"

"您今天讲得有点意思。"足金说，"您的意思是说，两个人之间利益天平如果不平衡，别人看着也不顺眼、不舒服，他们会去干涉，去想办法把这个天平搞平？"

"是的，"我说，"这就是舆论、社会评论。比如社会上出现不公平的现象，就会有人'打抱不平'，甚至'拔刀相助'，就是帮助把天平搞平。还有人干了坏事，比如这次的疫苗事件，即使没有打过这家企业疫苗的，甚至家里没有孩子的，表面上事不关己，但都发帖声讨、痛骂，因为他们看到了不平的事。他们要给坏人负值。所有人都给负值，这就是人心，就是一种巨大的力量！"

"看来秦桧虽然活的时候得意扬扬，也没受到惩罚，但死后很悲惨，后人都跟着倒霉。"美金感慨地说。

"是的，其实古代，就是帝王，别看权力大得很，可以为所欲为，但是也很怕后人评判。"我说，"比如说宋太祖，有一次在后花园打鸟，大臣说有急事求见。宋太祖急忙赶来，一听，都是鸡毛蒜皮的事，很生气，说：'你不说有急事吗?'大臣说：'这事情总比打鸟的事急。'宋太祖气坏了，拿起玉斧就打了大臣一下，结果打得他是'满地找牙'。那个大臣不慌不忙，竟然把打落的牙一个个捡起来，放在怀里。宋太祖很奇怪，问：'你把牙揣在怀里干什么? 你是想去告我吗?'那个大臣说：'我没资格告陛下，但是自有史官记录此事。'宋太祖很害怕，赏赐了很多黄金和丝绸来安抚他。"

美金说："我有点明白电视剧里那句歌词的意思了：'天地之间有杆秤，那秤砣是老百姓。'原来，舆论和社会评价，就是一个巨大的心理天平。"

我说："这歌词写得不错。为了将天平找平，人们会借助舆论的力量，也会借助法律的力量。在古代，青天大老爷就是这种公正的体现。"

"我想起来了。"美金说，"比如说《铡美案》，陈世美贪图富贵，抛弃妻子，负了秦香莲。秦香莲一个弱女子有什么办法啊？她虽然有强烈的找平欲望，但是无能为力啊！她就找到包公。包公一审，发现这天平完全是歪的啊！于是用狗头铡，'咔嚓'一声，把陈世美脑袋铡掉了。这好，天平平了！"

"是这意思。"我笑，"包公就是那个时代的'公平秤'。"

对自己再好也不是善，对自己再坏也不是恶

"那秦始皇到底好人、坏人啊？怎么一会儿说他坏、一会儿说他好呢？"美金问。

足金回答："你真幼稚！我上中学时老师就告诉，我们小孩才分好人坏人，大人只看利弊得失。是不是，爸？"

"好坏、善恶的探讨可不是幼稚，"我说，"'性本善'还是'性本恶'讨论了几千年，还在争呢。"

"那爸你说说什么是好人，什么是坏人？"足金不以为然。

"什么是好人，什么是坏人？这个问题，用心理学的利益天平很容易得出结论。"我说。

"我们举个例子，一个人，对自己再好，山珍海味，玉盘珍馐、绫罗绸缎、花钱不眨眼，你能说他是好人吗？"

美金说："我们只能说他是一个会享受的人。"

"但是他要是对鳏寡孤独、对街坊邻里这样好，你会怎么说？"我问。

"那他一定是个大善人，我一定要搬到他家旁边去！"美金笑着说。

"好，我们再举个例子：一个人对自己非常不好，到垃圾桶捡剩饭吃，穿打补丁的衣服，有病也不去看，每天干不完的苦活，累了就头悬梁、锥刺股，你能说他是坏人吗？"

美金说："我会说他是个苦行僧、吃苦耐劳的人。"

"但是他要对别人这样，比如对父母、对自己的员工，你会怎么说？"

美金说："他是个不孝之子！大逆不道！恶霸地主周扒皮！"

"所以说，善恶不是一个人的事，是人与人之间的事。我们用利益天平来描绘人与人之间的事，也包括善恶。"

"您的意思是，带给对方正值，就是善；带给对方负值，就是恶？"足金反应过来。

"大体是这个意思。如果是故意带给的、较大的正负值的话，可能更贴切。"我说。

"我们再说秦始皇。秦始皇属于争议人物，过去人们把他描绘得很坏，近些年又被描绘得很伟大。这是因为对于不同的人来说，他们的利益天平是不一样的。"

"对于孟姜女，对于被他灭的六国，对于那些为他修陵修长城弄得妻离子散的人，你说破天他都是坏人、暴君。因为秦始皇给他们带过来巨大的负值利益，家破人亡，受尽奴役，他们恨不得食其肉寝其皮。你没看项羽进咸阳，拼命复仇，火烧阿房宫，杀秦王子婴。但是对于今天的人，比如今天的很多学者，他们没有体验到秦始皇带给他的负值，相反的，秦始皇创立的郡县制、大一统、书同文、车同轨，影响中国至今。对他们心中归属的中国有大贡献，奠定了中国几千年强大的中央集权制度，是极大的正值砝码。因此他们称秦始皇为'千古一帝'，而推崇备至，也是符合他心中的利益天平的'找平原理'的。"

"嗯。"足金点头，突然说，"昨天我修电脑，修完发现电脑全是乱七八糟的信息，原来修电脑的竟然把我电脑的硬盘换成了二手的。这就是坏人！"

"那不叫坏人，顶多叫'奸商'！"美金纠正说，"而且人家免费赠给你那么多信息，你应该感谢他才是。"边说边笑。

"对！"我说，"奸商比较恰当。对别人给的负值，你回敬给他负面评价，也是根据负值的大小来定的。咱们从小到大列举一下啊，比如说：烦人、讨厌、可气、可恨、坏、罪大恶极、罪不容诛，等等。"

"那我说一个坏人，"老婆听了过来插话，"我们群里说了个事，有一个人家院子里种了李子，村里的小孩经常偷吃。结果他就往李子上洒剧毒农药，结果好几个小孩吃了都中毒了！"

"他绝对是坏人！"大家异口同声地说。

"而且是大坏人，挨千刀的！"美金加上一句。

我说："说到'挨千刀'，那是古代的一种极其残酷的刑法。我记得最多的要割三千多刀。"

"割那么多刀干吗？我觉得不用几刀人就死了。"老婆插话。

"古代的刑法，光死刑就花样百出，凌迟是最残酷的一种。而凌迟的刀数又根据罪行的大小不同。你们知道为什么这样吗？"

"这也是利益天平。"足金这次回答得非常肯定，"统治者是根据犯罪的危害大小进行惩罚。如果是谋反啊、弑君啊，对统治者负值极大的，仅仅跟普通罪犯一样处死就觉得不平衡了，就挖空心思想出这些花样。多一刀，就代表其罪恶重一些，不管到那时候他是不是已经死了。"

"对，"我说，"其实现在国外的刑法也有类似的地方。我记得美国一个州，一名拐卖儿童的色情贩子，被判刑470多年。表面看这很荒唐，因为他不可能活那么多年嘛，但是这是代表他的罪有多重。如果法官判他100年，就会被认为判决不公。可能对于犯人100年和470年都是一样的，都是老死狱中。但是对别人，对于他们的心理，470年就是公平的，这个人的罪和他受到的刑罚，在社会公认的天平上是平衡的。而100年，则是不公平的。这就是人的心理，这就是找平原理。"

"唾面自干"是主动改变天平的行为

"爸，我有个想法：如果'找平原理'确实是心理规律的话，我们可不可以反其道而行之，比如你给我一个负值，我不是庸俗地也回报你一个负值，甚至回敬你一个正值。您说这天平会怎样演化？"这天，足金经过认真思考，突然问我。

"太好了哥！"美金说，"今天我就偷偷用你的信用卡给自己买一个苹果 XS，反正你知道了也不能把我怎么样，弄不好还说声谢谢呢！"美金越说越笑。

我回答说："儿子很有想法！既然'找平原理'是一个规律，人掌握了这个规律后，确实是有主观能动性的。"

我举例说："比如说，别人给了我一个负值，但是我熟视无睹，没有回敬给对方一个负值，这种行为，就是我们常说的字：叫'忍'。事实上，我们很多的不可调和的矛盾，开始可能就是一个小矛盾、小负值，但是由于'找平原理'的作用，你给我一下，我还你一下，导致负值不断放大，最终造成不可收拾。比如咱们说过的一分钟摔死孩子的案例，如果能忍，有一个人能忍，一切就完全不同。"

"中国古代有个了不起的人，叫张公艺，九代同堂啊，而且家庭和睦。别人问他是怎么做到的，他说，没有别的，只有一'忍'字而已。他的屋子就叫'百忍堂'。"

美金说："九世同堂？这太了不起了！我们现在很多家庭，家里就两个人还天天吵得不可开交呢！"

"话是那么说，"我说，"'忍'字啊，是心的上头一把刀，这是非常难做到的事啊！因为他违反了找平原理，违反人性啊！"

"而且对方会不会得寸进尺呢？"美金疑惑地问。

"当然有这个可能！"我说，"所以'忍'的践行就更加困难。能把握它，确实能解决'冤冤相报何时了'这样的循环往复的无解难题。但是能运用好它的人，一定是有大智慧、大胸怀的人，而且必须有强大的反击能力作后盾。"

我接着说："其实还有一种境界，比'忍'字更难做到，其改变利益天平的力量更强大，这就叫做'唾面自干'。"

"'唾面自干'？"美金说，"就是人家把痰吐到你脸上还不擦？哎呀好恶心啊！"

我说："'唾面自干'这句话是唐朝著名政治家娄世德的为官之道。与中国'唾面自干'典故相对应的，是耶稣在《圣经》里的话：'有人打你右脸时，你就把左脸也转过去给他打。'"

足金说："我从小就听说过这句话，觉得这是最荒诞无稽的话。"

"你觉得荒诞无稽，是因为这句话表面上违背了'找平原理'，但实际上，这句话是运用'找平原理'的更高境界。"我说。

"很难理解！"足金说。

"没法理解！"美金也说。

"那我就举一个'唾面自干'的例子吧。"我说，"我就讲讲一战前，英国国王爱德华七世是如何改善英法关系，结成联盟，共同对付德国的。"

"本来嘛，英国和法国也是一对世仇。英法打了百年战争。"

"好像法国的女英雄贞德，就是被英国侵略者烧死的。"美金说。

"对！所以正常情况下，这么深的冤仇，是很难化解的。"我说。

"不过后来他们有了共同的敌人：德国。英法都有改善关系，对抗德国的心愿和共同利益——这是两国化解恩怨的利益基础。英国国王爱德华七世也担负改善英法关系的使命，准备访问法国。这时英国首相给爱德华七世提醒，您访问法国的时候可能会遭到人家不友好的对待。英国国王问会遭到怎样的对待？首相说可能会有人往您脸上吐唾沫，英国国王说：'如果真的吐到我脸上，我不擦，让风把它吹干。'"

"这个国王真了不起！"足金说。

"到了法国以后，英王爱德华七世果然遭遇到了抗议、敌意和嘘声，英王做的就是，不断给正值：他走到巴黎的群众中去，跟群众握手，诉说他对巴黎的热爱，对巴黎赞不绝口；发表热情洋溢的演说，称赞法国人民和法国文化的伟大，表明自己对法国的仰慕和热爱之情；访问途中，爱德华七世只要听见《马赛曲》就赶紧立正、敬礼！于是，法国的气氛跟他来时相比发生了翻天覆地的变化。爱德华七世所到之处，人们欢呼雀跃。当他踏上归程的时候，法国人自发聚集在码头欢送，呼喊'国王万岁！'这次访问也顺理成章地改变了法国当局的立场，为签订《英法条约》奠定了基础。"

"看来这招管用!"足金说,"爸,我分析一下啊,你看是不是这个意思。'打你右脸,把你的左脸也伸过去让对方打',按照心理天平解释,就是如果你俩有仇,他打你一巴掌,回报一个负值,基本天平就平了。你要回击,天平又不平了,于是冤冤相报,仇恨无尽。而你伸出左脸让他打,又是一个低姿态,他可能反而不好意思了。真打了,反而欠着你了。所以仇恨就化解了。"

我说:"足金分析得是那么回事。其实即使是血海深仇,也并不是不能够化解。德国在二战时犯了多么大的滔天罪行啊,多么惨无人道啊。但是后来深刻反省,积极赔偿,特别是1970年,西德总理勃兰特那有名的'华沙之跪',使德国彻底地改变了形象,并再次成为欧洲的领导者。因为人是有能力调整利益天平的,人心也是可以改变的。"

※　※　※　※　※

本章总结

利益天平的找平原理,还体现在第三方。即甲乙两人之间的利益天平不平衡状态,其他人看到了,也会有纠正的本能。这就包括评价、舆论、仲裁、法庭等。这是因为找平原理是人与人交往的规则,是人心的本能。

我们生活中最基础的条约:合同,其实就体现了这种本能。合同一般是甲乙双方,代表利益天平的两端。权利义务,代表双方应该的付出和得到的利益。如果正常完成合约,就是两全其美的事，反之就叫"违约"，有可能靠第三方，比如法庭去实现"找平原理"。

天平基准不平下的合同，谓之"不平等条约""霸王条款"。这时天平两端的利益付出是不对等的。

善恶好坏，都是利益天平中的评价利益的正负值。换句话说，当世界只有你一个人的时候，人的善恶好坏就都不存在了。

"超我"的人，能在一定程度上超越利益天平的"以血还血、以牙还牙"的负值对加的恶性循环。"忍""宽恕"等行为都是这种境界。

第七章 女儿收情书，
情窦初开说爱情

美金生日到了，老婆订了个大蛋糕。全家落座，就等蛋糕的时候，门铃响了。"我订的蛋糕来了！"老婆叫着去开门，不一会儿，拎着一个被玫瑰花环绕的不大的蛋糕盒子走过来，奇怪地说："这是我订的蛋糕吗？——现在记忆力真是越来越差了！"

美金一见，一把抢过来，"妈，这哪是你订的啊！"然后抱着蛋糕就去了自己的闺房，把门一关，不出来了。

"出情况了！"足金说。

"我得看看去！"老婆说。

过了好半天，老婆从美金屋里出来，足金问："妈快说，啥情况啊？"

"好肉麻的情书！"老婆说，"全是爱啊、爱，到处画的红色的心！"

"美金恋爱了！"足金说，"美金怎么说？"

"我问了，"老婆说，"美金很开心的样子，但是她说，没到喜欢的地步，就是有好感。"

"喜欢就是喜欢，还拽词。我看美金是矜持！"足金说。

这时候美金出来了，说："别瞎想了！就是没到那个程度！就是有点好感！"

爱情是最敏感的利益天平

"爸，您说美金说的好感，和喜欢到底有什么区别？喜欢和爱又有什么区别？"足金显然还想着美金的事，问我。

"当然不同了！这是爱情中不同的利益砝码。好感的砝码轻，喜欢的砝码重，而爱呢，就是重大的利益砝码了！"我说。

"那爱的本质是什么？爱情的本质是什么呢？"足金继续问。

我说："爱是从对方获得了重大的利益，而对对方产生的强烈喜欢的正值的感情。"

"爱是由于获得了利益？那它属于利益天平了？"足金问。

"当然！俗话说：'没有无缘无故的爱，也没有无缘无故的恨'。"

"那爱情与其他爱有什么差别呢？比如母爱、父爱、友爱、爱国，等等。"足金问。

"爱情是从异性那里激发的，由性升华出的强烈而重大的情感利益，而对对方产生的强烈的正值的感情。"我说。

"哎哟，怎么啥都是性？你爸都成'性学大师'了！"老婆挪揄道。

"对啊，爸！古代说的一见钟情，手都没碰上就产生爱情了耶！"美金说。

我说："一样的。一见钟情的基础也是性。一见钟情是指在很短的时间内爱上对方。可能是被对方的颜值，或者磁性的声音，或者含情脉脉的微笑所打动。它带给了你快乐、快感或兴奋。你获得了利益。这种利益来源于性——因为你不可能对同性一见钟情，除非你是同性恋。"

"那柏拉图式的爱情，就不是爱情了？"老婆抬杠。

"是爱情，"我说，"因为你爱的还是异性。只不过它更加升华。它可以不发生性关系，它可以不去触碰对方，甚至可以没有谋面，比如有些人通过照片就相爱了，但是这种感情是由性萌动而生的。否则就是友情、交情，不能叫爱情。"

"按你这么说，性工作者每天都是爱情了。"老婆不以为然。

"不是。"我说，"正相反，发生性关系的，很可能不是爱情。很多人一辈子都没有得到过爱情，尽管子孙满堂。妓女与嫖客是交易关系，一个是钱，一个是性，也不是爱情。虽然有性，但没有动心。"

"但是一旦动心，妓女与嫖客之间一样会诞生爱情。比如《卖油郎独占花魁》里的名妓莘瑶琴与卖油郎秦重，比如《杜十娘怒沉百宝箱》中的风尘女子杜十娘和嫖客李甲，都演绎了动人的爱情故事。尤其是杜十娘的故事，更是可歌可泣！她为爱情付出一切。而当最后李甲有负杜十娘的时候，杜十娘怒沉百宝箱，然后投江自尽——这就是由性升华而来的，转变成重大的情感利益和精神利益。它的价值有可能重于生命。"

"那美金好像没到那一步，"足金想了想说，"她刚才一直强调有好感，看来离重大的情感利益，还差不少。"

我说："好感是爱情的开始。好感、喜欢、爱，都是称量两性恋爱关系的情感利益砝码。一般说，先是要有'动心'这一环节，相当于用钥匙开启了一个锁。然后是好感，是较轻的情感利益砝码；喜欢，是较重的情感利益砝码；而爱，是重大的情感利益砝码。"

"看来女孩子用词就是细腻！"足金感叹说。

"在各种利益天平中，爱情天平是最精密、最细腻的一个。别说是好感和爱的差别，就是爱和爱之间的微细差别，恋爱双方都能察觉感知，并且非常计较。你听过张宇的那首《用心良苦》吗？里面有一句歌词，很好地阐述了爱情的天平的这一特点：'我用尽整夜的时间，想分辨在你我之间，到底谁爱谁多一点。'——很多恋人或者夫妻，吵架争执的原因都让人啼笑皆非，因为都是鸡毛蒜皮的事情。但是这正是爱情利益天平的特点：无比细腻，锱铢必较。因为这个利益太重要了。"

"对！"老婆插话，"我认识的那些夫妻啊，天天为些琐碎的事情吵得天翻地覆。有一个姐们儿，竟然会吃她家的狗的醋，因为老公给狗买了吃的，忘了给她买腐乳了，气得竟然把狗从窗户扔出去。"

"真够生猛的!"足金咋舌。

"你看《红楼梦》中林黛玉和贾宝玉闹别扭,往往都是由于一个小默契没有达成,就伤心落泪。曹雪芹那句话:'求全之毁,不虞之隙。'说明爱情的天平和砝码,是最敏感和细腻的。"

"正因为爱情天平的超级敏感,而且一旦结婚就是要过一辈子的,所以天平基准的调节就特别关键。"我说,"一般家长替孩子的婚姻把关,最注重的就是'门当户对',其实就是要找平天平基准。因为他们的经验,天平基准的失衡,门不当、户不对,婚后是很容易不幸福的。"

足金说:"这听起来好世故啊!"

"对,很世故。"我说,"不过咱们举个例子,你就知道天平基准失衡的时候,是什么情况了。"

"咱们就说古代的皇宫吧,那是男女双方天平基准失衡的极致了。皇帝有无限权力,嫔妃争风吃醋,只为取悦皇帝。晋武帝喜欢,坐着羊车四处溜达,嫔妃为了能得到宠幸,在草上浇盐水,以吸引羊驻足。《阿房宫赋》里说,美女们'尽态极妍,缦立远视,而望幸焉;有不得见者,三十六年'。那是多么的可怜!"

老婆马上接话:"对对!你看《如懿传》里,后宫都是想尽了办法取悦君王。因为皇上一个不高兴,将你打入冷宫,你就完了!"

"是啊，当年连邓丽君要嫁入豪门的时候，都被好几个条件刁难，气得与那个姓郭的分手了！"美金说。

"这就是一开始天平基准不平等造成的。"我说。

"我们今天开始讨论爱情的心理学话题，"我说，"暂时不讨论天平基准不平等的情况，因为那会很复杂。我们的基准是当代社会的价值观，男女平等，一夫一妻；再者是男女双方的价值观都是爱情至上的。我们看看，此时的爱情天平会如何奇妙地运行。"

说"我爱你"的不一定是爱，说"我恨你"很可能是爱

足金问："爸，我最想知道的，就是如何判断女孩子是不是喜欢你、是不是爱你。您应该知道，被拒绝的滋味太痛苦了！"

"被拒绝的感觉如同五雷轰顶。"我说，"我年轻的时候，基本是追求一次、失败一次。"

"事实上，年轻人求爱遭拒，有的是火候把握不好，但更多的是判断失误，把友情当爱情。自以为双方关系密切，无话不谈，甚至勾肩搭背，好到一个碗里吃饭。但是当你鼓起勇气表白时，发现南辕北辙，驴唇不对马嘴。人家根本不是这个意思。"我说。

"我们公司，男同事、女同事搂搂抱抱，逢场作戏，是家常便饭。"美金说，"出去玩，他们企划部的男的，和媒介部的女的，还挤在一个床上睡——穿衣服啊，我们谁都没认为他们有什么问题。真有勾当，都是偷偷摸摸的。"

"美金这话对!"我说,"除非确定了男女关系,否则这种事都是藏着掖着的,越敢示人的,越可能没有希望。"

我接着说:"我们前面说了,爱情是一种异性之间的美好的正值情感利益,因此它与友情是有本质差别的。敏感的人,会从眼神、语气和行为中发现不同、发现秘密。"

"如果运用我们的利益天平理论,则更能准确地把握。"我说,"当你喜欢对方时,一定会在各种机会下,给她很多帮助、关心和照顾。如果对方对你回应的是感谢,回应的也是帮助、关心,我认为,你们的关系很可能是友情。"

"这为什么?"足金非常不理解,"你给她正值,她回应你正值,难道不对吗?"

"对!非常对!正因为对,才是友情,不是爱情。"我说,"爱情如果和友情的表达形式一样,就不叫爱情了。"

看着足金懵懂不解的样子,我说:"咱们看一段《红楼梦》的描写吧!"

我拿出书,翻到第二十八回:"你看,贾宝玉得到了贵妃的赏赐,是上等宫扇两柄、红麝香珠二串、凤尾罗二端、芙蓉簟一领。宝玉喜不自胜,赶紧叫丫鬟紫鹃送给林黛玉,说:'说是昨我得的,爱什么留下什么!'足金,如果是送给你这些东西,你会怎样表示?"

美金抢着说:"我要那两串红麝香珠,还有上等宫扇,这可是宫中之物,值老钱了!我会千恩万谢,谢谢谢谢谢谢,祝您好运！"

我笑着说："美金的回答，就是友情！"

"我们看看爱情是怎样回答啊！"我念着，"宝玉赶上去笑道：'我的东西叫你拣，怎么不拣?'黛玉说道：'我没那么大福气禁受，比不得宝姑娘，什么金啊玉的，我们不过是什么草木人罢了！'"

足金连连感叹："真是！真是！黛玉给了宝玉负值！冷嘲热讽，而且拒绝接受！经您一说，果然大不一样。我原来看到这儿，以为是黛玉的性格古怪，看来藏着大道理！"

"你知道恋人之间为什么会是这样的反应吗？"我问。

"我真不知道！"足金想半天解不出。

我说："这是因为有爱！在林黛玉心里，她已经给宝玉的利益托盘放上了一个超级情感砝码，那就是爱情。她不用再说谢谢，她甚至可以给对方一些小小的负值，因为，她心底给宝玉的正值，已经太大太大了！"

老婆听到这里插进话来："中国女人和外国女人不一样！外国一谈恋爱就是'我爱你！''我爱你！'中国女人不习惯这么说。有时候中国女人还会说：'我恨死你了！'"

"对！东方女性婉约。"我说，"其实'我爱你'这句人人能听懂的话，未必代表真正的爱情，比如逢场作戏，比如另有所图，都会轻易地说出这句话。但是'你真讨厌！''你真坏！''烦不烦啊你！''我才不想见你呢！''大骗子''臭流氓！'，在一定的语境下，倒是一种示爱的表示。尤其当女孩子说出'我恨你'时，而且你是一直给对方正值的背景下，几乎可以肯定，她对你的感情就是爱情！因为只有她心里已经给予你了巨大的正值时，'我恨你'这一表面的负值，才能使你们之间的利益天平，仍能达到平衡。"

最苦不过单相思

我说："爱情是一种神奇的人际关系，它和其他的人际关系相比有很多特殊性。普通的人际关系，付出总有回报。而爱情中的这种情况却是，无论你怎么付出，赴汤蹈火、粉身碎骨，对方都会无动于衷、冷漠无情，而永无回报——这就是单恋。"

足金笑着说："您不是在说美金上次那个追求者吧？"

美金白了哥哥一眼，然后对我说："是的，女孩子就是这样的，她要是看不上眼的，你怎么追都没用；一旦她看上眼的，有时候就跟迷了心窍似的，对方怎么冷漠无情都魂不守舍。"

"那叫'王八看绿豆，对上眼儿了'！"足金揶揄道。

我说："咱们还是说你妈最爱看的那本文学作品《飘》吧。"

"你看被誉为'乱世佳人'的斯嘉丽，爱阿希礼爱得死去活来，但是阿希礼就是无动于衷。斯嘉丽为此付出巨大代价，胡乱嫁给一个自己完全不爱、面目丑陋、家境破败的人，后来又有几次婚姻，但都没有产生爱，甚至和最爱她的、男性魅力无穷、家财万贯的白瑞德结婚，都没有产生爱情。"我说。

老婆说："我也觉得奇了怪了！我们当年女孩子看《飘》，都被白瑞德迷得神魂颠倒，可是这糊涂的斯嘉丽就是不喜欢他。等终于开始改变时，白瑞德已经被'磨平'了，走了！"

我说："'一把钥匙开一把锁'，锁没有开，大门就紧闭着。所以斯嘉丽尽管美丽无比、敢爱敢恨，付出整个青春，但是爱情没有结果：她爱的人最后到死也没有爱她，而爱她的人最终离她而去，一切随风而逝，其实是我们人生中应该尽量避免的悲剧。"

"我还看过一个片子，叫《一个陌生女人的来信》，那里面讲的单恋故事，就更惨了！"美金说，"女主人公从13岁就爱上了一个作家，但是那个作家根本记不起她，因为他太花了。她18岁的时候，为了走近作家，把自己献身了，还怀孕了，偷偷生下了个孩子。后来她再次去找那个作家，那个作家以为她是干那个的，又跟她发生关系，完了后还给她钱。她崩溃了！后来她儿子死了，自己也快死了，就给作家写了一封长信，讲述自己从13岁开始的、与作家的疯狂爱情。但是作家最终还是没有完全想起来她是哪一个。那个女孩子真是太惨了！"

"这就是单恋之苦，因为永无回报。"我说，"美金看到的是中国改编的电影，它的原著是奥地利著名作家茨威格写的。有人说他写的就是自己的事。"

"小说写的女主人公，13岁的时候，家的旁边搬来一个大作家，她崇拜且心生情愫。一次偶然，她和他差点撞个满怀。

作家给了她一个含情脉脉的微笑。女孩子从这种让她怦然心动的微笑中马上感到，这是示爱的微笑，她一下子坠入情网。"我说。

足金马上说："从利益天平原理分析，女孩子从作家那里得到了巨大的情感利益，一个是无限的男性魅力，另一个是男人的示爱，意思是也给了女孩子爱的砝码，所以本身就向往爱情的女主人公，立即陷入了爱情。"

我点头："可惜女孩子的判断错了，或者说，只对了一部分。作家的含情脉脉的笑是示爱的表示，但是那是性爱的表示。直到后来她才知道，他对每一个漂亮女孩子都是这样地勾引。他是个风流才子，经手的女性不计其数。"

"所以女孩子千万小心这种男的！"老婆一听就过来插话，还撇了美金一眼，"性、性爱、爱情，都不是一回事。不过我倒有个闺蜜，失恋后破罐破摔，四处找一夜情发泄，还真找到了爱情：她说有一个男的，完事后不是像别的男的甩手就走了，而是给她裹上毛巾被，坐在阳台上，讲遥远的未来——那个男的就是她现在的老公。"

"对！"我说，"她和他老公就是爱情，在她经历的无数性爱中，找到了爱情。"

我接着说："可惜茨威格故事里的女主人公没有这么幸运，她与作家有了性爱，甚至有了孩子，她疯狂地爱，含辛茹苦，甚至为了让孩子有好的教育，不惜出卖自己的身体，获得金钱，来哺育他们所谓'爱情的结晶'。但是她失败了。"

"其实从小说中看，那个作家也不是多么坏的人。他温柔体贴，对每一个女孩子，请客吃饭，还给钱——对于一个情场老手，或者追求一夜情的男人来说，也并不是错，因为在他心里，他没有产生爱情，他没有认为自己获得巨大的利益砝码，他甚至不知道对方给予自己这样重的利益砝码——直到他看到这封信。他想歉疚，都想不起应该对谁歉疚。他写出这个作品，可能就是表达这种歉疚。"

"可是对于女主人公则完全不同，她产生了爱情，她以为对方也产生了爱情，所以为爱情赴汤蹈火、粉身碎骨，付出了一切。但是没有任何回报——这个天平是彻底倾斜的。她无论做出多少努力也无法扭转，并且越努力越痛苦，因为你就是拿刀逼着对方，爱情也不会产生。爱情是可遇不可求的。小说中，女主人公的孩子死了，自己也死了——暗示了单恋的无解。因为这个利益天平是永远无法平衡的，不是通过努力就能够完成的。因为一旦你这把钥匙不是开那把锁的，可能就永远打不开。"我说。

"那就算了！"老婆很认真地转向足金、美金，"你们要遇到这种情况，千万别在一棵树上吊死——你爸爸跟我交代过，他当年就是犯了这种错误，早恋，陷进去出不来，高考一塌糊涂，还得了抑郁症。多少年后一看，一点儿意思都没有！"

三角爱情：把人撕成两半，仍无法平衡的天平

我说："爱情中还有一种状态，这个和单恋正相反。是不但获得了爱情，而且是获得了两份爱情。按照我们一般的想象，利益是获得越多越好，但是情况正相反。当你获得两份爱情，而且都是无法割舍的爱情的时候，痛苦，极大的痛苦就将降临，这就是三角爱情。"

"这不至于吧？"足金说，"难以选择是有可能的，不至于那么痛苦吧。"

"我们分析一下啊，"我说，"当你获得两份爱情，而且你又同时深爱着她们的时候，这就叫三角恋爱。三角恋爱是一种涉及三个人关系的利益天平。按照找平原理，你要同时对两个人进行情感利益的找平，但是对其中的每一个人只能付出一半的爱。而她们之中的每个人，都对你付出全部的爱。对于她们来说，这个不平衡是不能接受的，她们都要求你付出全部的爱：比如让你决断到底跟谁结婚。而你选择一个，就必然伤及另一个；选择那个，就必然伤及这个。如果两种感情都无法割舍，你无法决断，你就会像被车裂一样，被两边争夺、撕扯而痛不欲生。而你最终选择其中一个的时候，对另一个的巨大伤害，比如她寻死觅活，也会让你长期背负巨大的负罪感而无法解脱。"

"这倒是可能的。"美金说，"我看过一个韩剧《皇太子的初恋》，里面的女主人公金有彬就是这样的。她同时爱上了一对

兄弟，一个叫车承贤，一个是崔健熙。开始呢，她疯狂地追求车承贤科长，两个人恋爱了，后来两个人关系出现了意外，崔健熙乘虚而入，她有了新的爱情。后来车承贤又追求她，这下子她的选择就难了，她想逃避，但是两个人又疯狂找到她。她决定选择初爱，选择了车承贤。但是看到崔健熙失魂落魄、无比痛苦的样子，她也无比痛苦。她拼命地跟崔健熙说：'对不起！'按照爸的理论，是拼命给自己负值，想把和崔健熙的天平找平。但是，真到她和车承贤结婚的时候，甚至都穿上婚纱了，她被巨大的歉疚折磨着，她反复说：'我不幸福！我不幸福！'最后竟然终止了婚礼，而且对两个人谁也不见，都不选择。我看的时候还奇怪，她爱得这样深，但一个也不选择，这是干什么啊！"

我说："这是因为她无法选择。因为她得到了爱这一巨大的正值，她无法做到回报给对方负值，这是利益天平的规则。因为两个男人都是她无法伤害的人，她在意他们，她无路可走。"

足金一直在沉思，突然说："爸，你帮我分析一下，我经历的一次感情，是不是属于这种情况？"

美金瞪大眼睛看着足金。

我说："足金说吧，我们来帮你分析。"

足金说："我在上个公司的时候，喜欢上了一个女孩子。但是她有男朋友。我当时想，我才不管他呢，我要公平竞争。"

"横刀夺爱？"美金问，"她喜欢你吗？"

"应该很喜欢。"足金边回忆边慢慢地说，"我觉得她对我的喜欢要比对她男朋友强很多。"足金似乎陷入了回忆，"我觉得她跟我在一起，就非常开心，非常激情澎湃。我们俩的眼神，能够很长时间在一起；我握她的手，感觉手心里全是汗。她对他男朋友，就特别不客气，一打电话过来，就连训带骂，嫌他说话啰嗦，让他把舌头捋直了。我那时候觉得肯定胜利，她一定会选择我！"

"都拉手了？那你们最后为什么没走到一块儿？"美金好奇地问。

"这就是我一直不明白，所以今天想问爸的地方。"足金说，"有一次，我跟她表白了，表示了我的决心。她什么都没说，但好像也下定决心。"

"之后好像他们出了事，她男朋友发了疯似地到处找她，打手机她不接，电话从早到晚打到公司，据说还来过公司找过几回。但她也从公司消失了，怎么跟她联系都没有任何回应。"

"一周以后，她回公司一趟，但是也不跟我说话。我们公司有卡拉 OK，员工下班放松用的。那天就剩我们几个人的时候，她突然拿起话筒，唱了两首歌，我记得一首是《味道》，另外一首是《爱的代价》，唱完就头也不回地走了。后来我听说她跟男朋友又好了，我们从此再没有联系。我到今天都不明白到底发生了什么，她为什么什么都不跟我说。"

"她跟人上床了！"老婆一旁插进来，"你听她选的那首歌，就知道了。谁的味道啊？现在的女孩子就是轻浮！你没继续发展下去挺好的！"

"妈你瞎说什么！"足金愤怒地瞪了他妈一眼。

我说："儿子，你那个女孩子不错。她是一个很具东方婉约气质的女孩子。这样的女孩子情感非常细腻，而且习惯用委婉的方式表达自己的情感。如果不是知音，你根本无法读懂她。"

"我来给你解答她的心理过程吧。她唱的两首歌确实都是给你听的。"我说，"《味道》这首歌，是告诉你她这几天和她男朋友摊牌分手的事：和足金猜测的一样，她跟男友提出了分手。她的男朋友显然受到巨大刺激，中间的过程不知道，很可能有一段丧失理智的状态。她为了斩断情丝，甚至采取了逃避消失的办法，但是他最终找到了她。哀求、哭泣、寻死觅活、再给一次机会……具体的难以猜测了。也许他们又偎依在一起，此时，剧情反转了。因为她在意男友，因为男友给过她巨大的正值利益。味道产生回忆，往事浮上心头，伤害使她歉疚，背叛使她自责。抛弃旧情、寻觅新欢为良心所不齿，这时候她的前任占据了道德高点。一切都逆转了。《爱的代价》，这首歌告诉你，她的决定。你听那歌词：'走吧，走吧！人生难免经历苦痛挣扎；走吧，走吧！为自己的心找一个家。'她可能更喜欢你，但是她选择了前男友。因为这样她的心才能平安，才能'找一个家'。她为什么不跟你说话？因为她不可能跟你解释她和她男朋友之间发生的一切。"我说。

"被爸一解释，我觉得那个女孩子的心理过程，真的是很痛苦的!"美金感叹着说。

"你哥才痛苦呢!他从那家公司离职，肯定跟这事有关系。我当初就说挺奇怪的，工资那么高，老板那么赏识他，他干吗要离职?"老婆唠叨地说。

"我现在不痛苦了!"足金说，"那件事早过去了。不过我一直对她有很多怨恨，怨恨她的冷漠无情。有时候甚至怀疑过她是否真的喜欢过我。"

"不过我今天彻底明白了!"足金高兴地说，"我还记得有一次，她专门给我发过一首歌，叫《白天不懂夜的黑》。我不知道她是什么意思，问她也不回答。现在，我理解她想跟我说什么：'你永远不懂我伤悲，就好像白天不懂夜的黑。'我今天已经知道了她的伤悲：就像爸开头说的，她经历了车裂般的痛苦。"

三角恋爱的"完美"结局：电影《致命交叉点》

足金冷静了一会儿，拿出笔记本，说："爸，可不可以这样总结：三角爱情中，被争夺的那个人——就是得到两份爱情的人，一样是非常痛苦的?由于他只能付给每个对方一半的爱，所以对方必然要求他进行排他性选择。但无论怎样进行选择，势必对一方造成巨大的伤害。尽管他非常不愿意造成这种伤害。"

"基本对吧。"我想了想说，"不过有一部电影，很有意思，它用一个巧妙的情景，使得利益核心人，做到了让两个同时爱他的女性，同时获得了满意的结果。"

"这怎么可能？"美金说，"难道他把两个女人都娶了过来？"

"不是。这个在现代社会行不通。"我说，"这个电影叫作《致命交叉点》，是 20 世纪 90 年代美国电影，莎朗·斯通演的。"

"故事的男主人公是一个建筑师，很有才很有钱。她老婆很漂亮，并且是跟他一起创业的合伙人。他们拥有一个视若珍宝的女儿。一切是那么完美，可是——"

"有第三者插足？"老婆马上说。

"也可以这么说吧，"我说，"他们在一起十六年了。你知道，再炽热的爱情之火也有熄灭的时候。他遇到了一个美女记者，叫奥莉，她激起了他心底的热情，他们疯狂地相爱了。"

"建筑师的老婆发现后，精神受到严重打击。"我说，"她在浴室把玻璃门砸碎，满地都是碎玻璃，她想死。建筑师被吓坏了。"

"他陷入极其痛苦的选择之中，看见妻子，就想到过去的恩爱，无比自责；看到情人，热血沸腾，激情燃烧，又发誓要和她生活在一起。整个人都被割裂了。"

"经过长期的痛苦挣扎，最后，道德和责任让他下定决心，他决定跟情人分手，回归家庭。"

"他在暴雨中含泪写下一封分手信，给情人奥莉。上面写道：'亲爱的奥莉，我们不会有将来，请找一个没有感情历史的人恋爱吧。那个人没有浑浑噩噩的余生，也没有妻子和女儿。'写完他痛哭失声。"

"他将信投入信箱。如果故事到此结束，就是中国的破镜重圆、打败第三者的乏味的道德故事了。"我继续讲，"但是后面发生的故事出人意料。"

"他又把信从信箱里取出来。他拿着徘徊着，显然下不了决心，直到有个小姑娘走过来。"

"他看到小姑娘红色的头发，马上联想起奥莉，他心底的火焰再次被点燃，他不能失去奥莉，不能失去人生最重大的利益之一：爱情！他改变了主意，立即给奥莉打电话——电话响了，奥莉不在家。电话自动提示他可以留言。"

"他大声地对奥莉喊：'我爱你！我不能失去你！我们一起生活！我们结婚生孩子！我们建立自己的家园！'然后告诉她在百福旅馆见面。"

"电话留言后，他疯狂地开车，疯狂地要尽快见到奥莉，风驰电掣。"

"在他前面，出现了一个诡异的交叉路口。这个交叉路口，显然暗示他的人生选择：是选择原配，还是选择新欢？这是电影的主题。但是在这个交叉路口上，悲剧发生了。一辆满载学生的大面包车在路口抛锚了，挡住了建筑师的视线。面包车后，一辆巨大的货车疾驰而来。"

"建筑师躲开了面包车，但是没有躲过面包车后面的大货车。电影用很长的镜头表现他翻车的过程，展现他很久以来的痛苦和彷徨，以及最终毁灭时的惊愕、躲闪、挣扎、撞击、翻转、粉身碎骨的画面。"

"他死了，在致命的交叉路口，在无比痛苦的选择中。"

"他的妻子第一时间赶到医院。医务人员把建筑师的遗物转交给她。她看到了丈夫写给奥莉的绝交信。她痛苦但很欣慰：丈夫的心是属于她的，他回到了她的身边。"

"奥莉回家时，听到了建筑师给她的电话留言。她知道他已经决心和她在一起。她赢了。"

"建筑师的妻子和奥莉在医院见面了。她们很平静，不像上一次见面那样疯狂地打起来。核心利益人已经不存在了。她们之间的恩怨已经结束。而且她们都是胜利者。"

"作为赢家，两个女人都同情地看着对方。她俩都认为建筑师选择了自己、抛弃了对方。两个女人说了几句无关痛痒的话，离开了。故事到此结束了。"

美金听完说："她俩倒是都满意了，但是老公没了。"

我说："对！因为他已经无法同时对得起这两个他深爱的、不能失去的人。他只能死去。他很渴望去找平这个天平，给她们中的每一个人全部的爱。但是他失败了。"

足金说："我觉得这个电影，从另一个角度，更加说明了人的找平的本能。甚至不惜用死来完成。"

我说："我记得当时看影评讲得很有意思，说两个女人是'她们带着满满的幸福感欣慰地相遇在医院门前'。你瞧，多有意思。最爱的男人死了，但是两个女人还带着幸福感，你看人的心理活动多有意思！其实答案很简单，两个女人失去了男人，但是她们和这个男人的利益天平找平了。"

※　※　※　※　※

本章总结

爱情是利益天平关系中的一种，并具有特殊性：一是爱情不是说产生就产生的，很多人把它归结于"缘分"。另外，爱情是对等和排他的，在当今的价值观尤其是。因为这些特点，爱情天平会产生一些独特的现象，就是利益天平找不平的现象。

单相思就是这种现象：一方爱得死去活来，而另一方麻木不仁，无动于衷，或者不屑一顾。这两个人的利益天平是完全失衡的，比如《一个陌生女人的来信》描述的悲剧故事。这种不平衡状态是无解的，因为爱情不是勉强的：你就是拿手枪逼着他也不会产生。即使另一方知道对方的爱和付出，也无法回报对方，比如拿钱，因为对方需要的不是这个。

三角恋爱是面临的另一个问题。一个人同时爱上两个人，而两个人也同时爱上一个人。无论是恋爱中的横刀夺爱，还是婚姻中的第三者插足，都可能是这种情况。三角恋爱是非常痛苦的局面，因为每个人都无法实现利益找平。核心利益方得到了两份爱情，表面是获益方，但是由于他（她）只能回报对方一半的爱情，因而不能找平，而产生强烈的歉疚的情感。在两个人的争夺中，他（她）会有被撕裂的感觉，痛不欲生。而同时，两个爱他（她）的人，付出完整的爱情，而只能获得一半的爱，也是处于无法找平的状态，因而也是高度痛苦的状态。三角爱情基本不可能长期维持，因为这是一种找不平的状态，最终会被一种力量利用或打破，形成新的平衡。

第八章　项目失败风投否定，调整心态海阔天空

这天，我的挚友、移民英国的秦明回国探亲，并专程来我家拜访，还带着其风度翩翩的大公子。大家看其公子举止文雅、谈吐得体、性格开朗，已经考上耶鲁大学，皆羡慕不已，都围着问英国的教育、就业、移民问题。秦明给我带了瓶50年的陈酿，给我老婆带了奢侈品包包，给两个孩子带了转机迪拜时买的金饰。老婆觉得礼物太重一直推却不敢接受。送走客人，老婆心神不宁地对我说："你这朋友是不是特有钱啊？送这么贵的东西，咱们以后怎么回啊？"我说："老秦不算有钱，咱也不用回礼。老秦送礼是回报，符合找平原理。你别看他儿子现在那么出息，他当年可是抽动症，没我弄不好就没有今天的风光。"

心理疾病根在负值

足金、美金都好奇我咋给老秦儿子治的抽动症。我说："我都快记不清了。那是十几年前的事了。"

"我记得老秦当年在英国打拼，没事就用公司的电话跟我探讨生意、股票什么的，反正不花自己的电话费，每天狂聊。不过有一回他说他儿子出问题了，医生诊断是得了抽动症，问我该怎么办？"

"看来英国医生也二把刀，束手无策，不然秦叔叔也不会求助我爸！"美金说。

"估计是。"我说，"反正老秦是给我讲，好像是英国的小学竞争也很激烈，好像是分组 PK 之类，他儿子的那个组老输，压力很大。而老秦对儿子一直望子成龙，我看是要把自己没有实现的抱负都交给儿子完成。天天给他压力，找儿子谈话、训斥、觉得他不争气，打骂。最后的结果是儿子崩盘了，得了抽动症。"

"这下老秦傻了，我记得当时老秦一下子万念俱灰，什么儿子成才啊、成功啊、继承他的理想啊，都准备放弃了。"我说，"我记得我当时说，儿童没有那么大的抗压能力。压力下的神经就跟绷紧的皮筋一样，断裂了、受损了，就可能很难恢复。老秦问我怎么办，我就说了两个字：正值。"

我说："老秦这点好，从善如流。他彻底改变了教育方法，带他儿子四处旅游，一起疯跑、玩、做游戏。用的词都是鼓励、肯定、赞扬。好像几年下来，就基本没事了。"

足金感叹道："看来教育孩子真是件难事：溺爱毁了孩子，严格要求，弄不好也毁了孩子！"

"可不是！"老婆接茬说，"我有个闺蜜，特别怕女儿早恋，怕女儿跟网上说的那样，中学就跟男同学胡搞。于是天天妖魔化男人，吓唬她。结果你猜怎么着？她女儿变得特别厌恶男生，问题更严重的是，她竟开始喜欢女生，还被女生家长发现，逼着她们绝交了！她现在愁死了！"

"对，由于没有科学的心理学知识，很多家长都是任自己的性情去教育，造成的问题很多。"我说。

美金问："爸，我们公司的那个办公室主任，就有强迫症。每次下班他负责锁公司门，都是把各个屋子的门反复检查，看有没有锁上。但是一回到家，又怀疑公司的哪个门没锁好，还跑回去看。你说他这是为啥啊？他有啥负值啊？"

"担心。"我说，"担心就是一种负值，是对可能失去利益的一种提前性恐惧。如果他以前因为没有锁好门出过事，那就是负值的记忆了。如果不是，就是他责任感很强，把办公室主任的责任看得很重，很怕因为自己的疏忽给公司给自己带来损失。担心、焦虑等情感，都是对未来可能失去的利益的提前性反应——虽然此刻利益还没有失去。"

"现在社会上有一个词，叫作'中产阶级焦虑'，就是说那些其实生活条件还不错的中产们，每天处于惶恐不安的状态。为什么？因为他们担心失去。担心房贷、担心养老、担心大病、担心中产返贫——其实这些危机都还没有发生，但是担心可能会发生。其实是提前把利益的损失转换成负值的情绪了。"

美金说："要我看来就是瞎担心！如果未来这一切都没有发生，不就是白焦虑了？如果得了严重的焦虑症，又住院又吃药，影响身体，影响工作，太不值了！我看不如快快乐乐的。如果以后真出现问题了，再大哭一场不迟！"

我说："这也是一种心理态度，叫'及时行乐'。"

儿子问："爸，为什么很多成功人士都患抑郁症？他们不是有钱有名，日子是普通人羡慕得不得了的啊？他们有什么负值吗？"

"任何人都会遇到负值。成功人士也不例外。"我说。

美金说："是啊，我看节目上说，《阿甘正传》里的'憨豆先生'，本来是一个特别成功的演员，有名有钱，而且看上去幽默快乐。他也得了抑郁症！好像是因为一些观众网上批评他，说他演了几十年，都是一个套路、装疯卖傻、戏路单一、档次低、粗俗，结果他就当真了，受不了这个打击，就抑郁了。"

"对！这就是负值，而且他在意这个负值。"我说。

"我听说北欧人得抑郁症的人也特别多。"老婆插进来，"你说那儿风景如画、空气好，而且高福利，有什么愁的啊！我都羡慕死了！"

"北欧抑郁症多，是由于那儿一到冬天，漫漫长夜，几乎没有白天，冰天雪地，人迹罕至。又黑又孤独，谁受得了啊！"足金解释说。

美金说："那很容易解决。冬天到海南晒晒太阳就好了！跟东北人一样，当候鸟。"

我说："美金说的其实就是很好的解决办法。这就是给正值，也就是媒体所说的'正能量'。焦虑症、抑郁症的人，尤其需要正值，哪怕是虚拟的正值。"

"啥叫作虚拟的正值啊？"足金问。

"举个例子吧。"我说，"当年八国联军进北京，火烧圆明园，咸丰皇帝仓皇逃到避暑山庄，天天花天酒地，醉生梦死。每天要听戏：上午要'花唱'，下午要'清唱'；嗜美酒、贪食鸦片、每天喝鹿血，找江南美女纵情淫乐，没几日便暴亡。就是这种情况。"

"我们学历史的时候，就批评他呢！国家都这个样子了，圆明园都烧了，京城都被人家占领了，还这样寻欢作乐。这种昏君真是不要不要的！"美金气愤地说。

"咸丰可不是昏君。"我说，"相反，他是一个励精图治、非常想有作为的皇帝。这个历史研究已经给了定论。"

"我们用心理学分析事情，还是要从利益角度出发。"我说，"八国联军占领北京，对谁的利益伤害最大？'普天之下莫非王土'，天下是爱新觉罗家的，京城是爱新觉罗家的，圆明园是爱新觉罗家的，因此，耻辱和重创也属于咸丰。无法面对列祖列宗，无法面对臣民百姓，对一个曾经雄心万丈的皇帝来说，是天大的负值！所以此时咸丰心中的痛苦，要比其他任何人都大得多！"

"但是国家衰弱，无力回天，不会有好消息，不会有真实的正值。"我说，"痛苦无法自拔。于是咸丰听戏、纵酒、吸毒、淫乐，都是拼命给自己心灵增加正值、增加欢乐——现在有些历史学家指出，咸丰其实就是变相自杀，这种说法是很有道理的——因为他实在太痛苦了！他寻找的虚拟欢乐，根本无法弥补他巨大的痛苦！他死的时候，只有31岁。"

"被爸一说，我现在还挺同情咸丰的。我还记得电视剧《雍正王朝》中有这样一个情节，就是康熙皇帝想废掉太子，犹豫不决。在一次偶然中，发现太子竟然私通自己的女人，气得不行。当晚连续翻牌子，太监拼命劝，这样不行，龙体受不了！估计就是康熙太痛苦了，想通过淫乐增加正值！"足金说。

"对！这个细节说明电视剧的编剧了解人心！"我说，"康熙大帝可不是昏君吧？他是千古一帝。他遇到重大的精神打击时，本能地也是通过增加正值来缓解痛苦——虽然这未必能真正解决痛苦。"

"是不是您说过增加正值、减少负值，有时候要靠精神胜利法？"足金问。

"精神胜利法？哥你是说阿Q的精神胜利法吗？'我祖上可比你富多了！'这不是自欺欺人吗？"美金笑着说。

"对！我是说过。"我说，"我们过去看阿Q，是看到了他身上可悲的东西、自欺欺人的方面，但是我们今天用心理学看阿Q，也要看到他身上可贵的东西。"

"鲁迅描写的时代,是一个苦难的时代,是一个负值的时代。他笔下的很多人物都是悲剧的,你看祥林嫂,你看闰土,你看孔乙己,他们给你的印象就是苦不堪言。比如描写祥林嫂,'仿佛是木刻似的,只有那眼珠间或一轮,还可以表示她是一个活物',看,都是这样的感觉!但你会发现只有阿Q始终笑呵呵的,即使是被枪毙游街时也是这种状态。"

"这是因为阿Q有强大的自我心理调节能力,能神奇地改变对利益的判断,变坏事为好事。"我说,"与阿Q穷困潦倒、地位卑贱的境地相比,我们很多人,包括很多所谓成功人士,是在获得了很多很多让人无比羡慕的利益的情况下,被一两个挫折打垮,得了焦虑症、抑郁症,甚至用自杀结束了生命。这样看起来,他们的内心是远远不如阿Q坚强,也不如阿Q那样善于调节心理。"

人能够改变利益判断,进行心理调节

"爸,你看看!网上今天登了一篇报道:《革命性突破!得了抑郁症为什么睡不着?》,写的是复旦大学的一个新的研究成果。我怎么觉得里面有些内容跟你讲的差不多?"足金刚回家就兴奋地跑过来。

"哪方面差不多?"美金问。

"正值和负值。"儿子边说边念,"你看这段:该项研究发现,抑郁症能够影响部分非奖赏功能相关的脑区——外侧眶额皮层,并且这些区域与自我功能相关的脑区连接增强。这一发

现将有助于帮助我们理解为什么抑郁症病人会经常有失落和沮丧的情绪以及强烈的个人挫败感。同时，抑郁症患者与奖赏相关的功能脑区——内侧眶额皮层，与负责记忆的脑区连接减弱。这一连接的减弱有可能影响患者对愉悦记忆的储存与提取。这提示我们抑郁症可能的病因是大脑中'正'（奖励）和'负'（惩罚）神经调控的失衡。该研究首次精确定位了抑郁症异常功能脑区，有助于更深入地了解抑郁症的病理机制。"

"这都说的是啥啊！天书啊！"美金说。

"真笨！奖赏与惩罚、正与负，这不都是咱们探讨的东西吗？我觉得至少大的思路是接近的。"足金说道。

"对，是接近的。"我说。

"爸，你说负值正值的，会得心理疾病。为什么会得心理疾病？正值负值都是什么物质呢？"足金问。

我说："正值利益和负值利益是心理判断。正值的利益产生正值的情感，负值的利益产生负值的情感。正值的情感在人体里是一种什么化学成分？比如快乐，现在的研究包括多巴胺、内啡肽之类。而负值的情感呢？研究表明是钴胺素、梅拉多宁、恐胺素之类。这些应该都是情绪情感的生化基础，也是心理疾病的生化基础。"

"一听这些词：钴胺素、梅拉多宁、恐胺素什么的，就不是好词。我听说压抑和负面的情绪很容易得癌，是不是这些成分诱发的？"

"有可能。"我说。

"那按照您的理论，正值的情绪能够改善负值的情绪，那是不是这两种物质可以互相中和？"

"这是我的判断，但都有待实验心理学给出答案。"我说。

足金问："可不可以说，心理疾病，比如抑郁症，就是心理出现障碍，容易弱化正值、放大负值，造成负值堆积，抑郁成病？"

我说："对！说到弱化正值、放大负值，最经典的例子，就是曹雪芹笔下的林黛玉。"

"现在好多人说，林黛玉就是患有抑郁症。"美金说。

"至少她是患病气质。"我说，"你看，一般人看到花开，都是欢喜不已。而林黛玉见到花开，则是产生伤感——因为她想到了花落。想到花瓣满地、随风飘零、入水沾泥、湮灭无踪。由花落而想到花容般的女子，想到青春，想到自己，想到现在如花绽放，终有一日容颜衰老，红颜终变枯骨。因而葬花：侬今葬花人笑痴，他年葬侬知是谁。花儿绽放都能使她终日为负值所缠绕，那么其形容憔悴、疾病缠身也就不奇怪了。"

"人要都这么想，那日子就不用过了！"老婆说。

"好像现在的红学研究，都认为林黛玉最后是自杀的。"美金说。

"对！'玉带林中挂'暗示了这一点。如果从刘姥姥的角度看，她那么好的日子，大小姐的命，福都享不完呢，干吗寻死啊!"我说。

"这又是马斯洛理论无法解释的例子。"儿子突然又联想到马斯洛，"林妹妹锦衣玉食非要自缢绝命，他解释不通嘛。"

我说："同样一件事，不同的人、不同的角度去看，完全是两种心态。"

"比如我前几天一颗牙脱落了，就打击很大。觉得老了，好日子不多了。"

"忽然看到唐诗，古代诗人也遇到了这个问题。你看看他们是怎么看待这件事的。"

"韩愈是有名的唐宋八大家之一，他写过一首《落齿》的诗。他开始掉牙的时候，非常紧张、羞于见人，以致恐惧，'忆初落一时，但念豁可耻。及至落二三，始忧衰即死。'——他从掉牙想到了衰老，想到了死，这是不是跟林黛玉有点像? ——失去利益、担心、恐惧，其实是正常反应，不过韩愈不是林黛玉，他有着很好的心理调节、改变利益判断的能力。你看他是怎样转变的。"

"韩愈接着写道：'馀存二十馀，次第知落矣。倘常岁落一，自足支两纪'，意思是说，按现在的掉牙的速度，我口中还有二十几颗牙呢，还能支撑二十年。又说，人生总有个尽头，早死晚死都是得死。没牙其实可能还不是坏事，庄子说了，有一种木头叫山木，因为不能成材而没法加工，反而枝叶繁茂，没人砍伐。我的牙落光了，弄不好也是喜事：祸从口出，没牙不乱说话，沉默是金；不能吃硬的，软的好吃的也不少——总之，不但想开了，而且悲事变喜事，你们看，是不是有点阿Q的意思？"

"这跟阿Q的精神胜利法还真有点像。"美金说。

"看用于什么方面，用于战胜心理疾病，这就是积极的人生态度。"我说。

"对！总比唉声叹气、郁郁寡欢、夜不能寐，总想了结自己的生命强多了！"儿子赞同。

"我们前一段探讨过，利益是一个心理概念，所以利益的大小，甚至正负值都是可以变化的。"我说，"一方面，这使人感到迷惑，特别是价值观动摇的时期；另一方面，它也是好事，因为它变化，我们就可以利用其变化。"

"比如看淡名利，"我说，"就是通过主观的心理调节，降低名利这个利益的价值。还有看淡生死。你们看，过去英雄好汉在面临死亡时，都会说：'脑袋掉了，不过是碗大的疤！''再过二十年，还是一条好汉。'这其实就是降低生命的价值：不过是碗大的疤瘌而已。这样就可以做到临危不惧，慷慨赴死。这其实也是一种心理行为。"

"您的意思是说，就算面对死亡，人的心态只要健康坚强、善于调节，都能'视死如归'，更别提遇到其他困难了！"儿子说。

"对，这就是心理的奥妙，这就是心的规则。"我说。

人能让别人改变利益判断

足金问："那您说，得了心理疾病，看心理医生有没有用呢？"

"当然有用。"我说，"好的心理医生是可以帮你疏导排遣的。因为除了自己之外，他人也能改变你的利益判断，进而影响你的心态。当然，你也可以改变他人的利益判断。"

"比如我们常说的：劝说、教育、洗脑、谏议、谗言、诽谤、挑拨、离间等，都是试图改变别人对利益判断的行为。"我接着说。

美金说："爸你说，我们做销售的，每天跟客户打电话，跟他们讲这活动怎么怎么力度大太值了，吓唬他们不吃这个产品血脂降不下来就血栓了，哪个爷爷吃了关节不疼了上楼梯跟小伙子似的，这些销售话术，是不是就是改变客户对利益的判断呢？"

"这应该也算。"我说，"不过这些都是轻微的影响，算是挖掘需求，是利益的一种提升吧，并没有黑白颠倒，不够神奇。"

"那怎么叫神奇？"美金问。

"我给你讲一个历史故事吧，是《战国策》里记载的，叫做《掩鼻计》。"我说。

"故事说的是楚怀王喜欢魏国送来的一个美人，喜欢得不得了，几乎到了专宠的地步。这下子，楚怀王原来宠幸的女人郑袖不干了，就使了一条毒计。她跟那个魏美人说，大王对你哪儿都喜欢，就是不喜欢你的鼻子。下回你见大王时，就掩住你的鼻子，大王就会长长久久、永永远远地喜欢你了。结果那个傻姑娘信以为真，每次见到大王时，就捂住鼻子。楚怀王很奇怪，问郑袖，知道是为什么吗？郑袖说：'她私下说过，她讨厌大王身上的气味，所以要捂住鼻子。'楚怀王大怒，竟然把魏美人的鼻子割掉了！"

"鼻子割掉了？那不成了金国的军师哈密赤了？"足金听了笑起来。

美金说："这个魏美人好可怜啊！这个楚怀王真是大蠢蛋！"

我说："这个故事啊，说明的事很多：魏美人有魏美人的利益，所以听信郑袖的话，掩鼻以获得长久的恩宠；郑袖有郑袖的利益，她是要消灭竞争对手，夺回楚怀王的宠爱，所以使出掩鼻计；而楚怀王有楚怀王的利益，他的自尊和威严是不可侵犯的，因此对于魏美人掩鼻的不敬行为恼羞成怒，做出了残忍的行为。但是，我们想想，这个利益判断改变得有多快、有多么天翻地覆！刚才还被迷得五迷三道、爱得其他粉黛毫无颜色的美人，只因为掩了下鼻子，只是因为别人的一句挑拨，巨大的正值利益瞬间变成巨大的负值利益，行为迅速由专宠变为杀戮。所以，人能改变他人对利益的判断，郑袖也彻底改变了楚怀王对魏美人的判断。"

美金说："我记得学过一个叫'曾参杀人'的故事，讲古代有个叫曾参的贤人，他母亲一直以他为骄傲。一天，有一个人跟他母亲说，曾参杀人了，他母亲说胡说八道；又一个人来说，曾参杀人了，他母亲置之不理。后来第三个人来说，曾参杀人了，他母亲翻墙就跑，因为怕株连自己——后来才知道原来是另一个也叫曾参的人杀了人，并不是她儿子。"美金说。

"对！你看，连母亲对自己儿子的判断都会受他人影响，更别说对别人了。比如当年崇祯皇帝错杀抗清名将袁崇焕，就是这样。"我说，"袁崇焕本来是崇祯皇帝最为倚重的军事统帅了，在抗击清军的作用，可谓明朝的'国之长城'。然而因为后金（就是后来的清朝）的一个反间计，因为清军故意放跑的明朝太监的几句话，在崇祯心里，袁崇焕就瞬间变成了卖国贼，而被千刀万剐。杀袁崇焕，后人评价是崇祯皇帝'自毁长城'，为明朝覆灭埋下祸根。"

"崇祯真是一个大昏君！"足金气愤地说。

我说："所谓'昏君'，指的是这个皇上其实并不坏，但是在利益判断上黑白颠倒、是非不分。当然换个角度，清朝能够改变崇祯皇帝对利益的判断，改变其对袁崇焕的信任，是其心术和阴谋的成功。"

"我怎么觉得都是把皇帝往沟里引的案例多。"美金说。

"那当然。"我说，"因为君王多疑善变。当然也有正面的例子，比如长孙皇后'朝服进谏'的故事。这个故事大家都太熟悉了，就是讲大臣魏征经常给唐太宗提意见，说他哪儿错哪儿错，唐太宗憋了一肚子气。一次李世民下朝回宫后，十分气愤地对妻子说：'我以后找机会一定要杀了那个乡巴佬！'长孙皇后问道：'是谁惹怒了陛下？'李世民回答说：'魏征经常在朝堂上羞辱我。'长孙皇后听完，退到里间，换上了正式的朝服。然后走到丈夫面前表示祝贺。唐太宗十分惊奇，询问妻子的用意。长孙皇后则笑着答道：'我听说君主开明则臣下正直，如今魏征正直敢言，是因为陛下的开明，我怎能不祝贺呢！'太宗听了转怒为喜，之后更加重视魏征，并开创'贞观之治'的盛世。"

"看来人真是互相影响的！"足金说。

"是这样的，因为人是社会性动物，而不是独立的个体。"我说，"每个人都试图影响他人，别人也在试图影响你。我的建议影响了老秦，老秦的行为影响了他儿子。所以他儿子才能摆脱抽动症的困扰，成长为一个让人羡慕的人。"

人能主动影响利益天平

"爸，您讲了人能调整自己的利益判断，也能调整别人的判断，是不是也能调整利益天平，改变与他人的关系？"

"当然能。"我说，"比如之前咱们探讨的'忍'。"

"'忍'能避免冲突，但是能消除恩怨吗？"足金问。

"还有宽恕，或者说原谅。"我说，"鲁迅先生说'度尽劫波兄弟在，相逢一笑泯恩仇'，就是这个意思。"

足金想了一下说："宽恕的意思就是，本来对方给了我很大的负值，比如仇恨。但是我不把它当作负值，而是把这个负值从天平上拿走，不去计算了。是不是？"

"可以这么解释。"我说，"也可能是把对方的恶暂时封存起来，或者是在对方给予了道歉或者小的正值后，把过去对方给予的大的负值一笔勾销，不再计入利益天平计算的一种行为。"

美金说："可是我记得，鲁迅先生有一篇文章《死》，他这样说的'让他们怨恨去，我一个也都不宽恕'！"

我说："对！鲁迅先生是这样说的：'记得欧洲人临死时，往往有一种仪式，是请别人宽恕，自己也宽恕了别人。我的怨敌可谓多矣，倘有新式的人问起我来，怎么回答呢？我想了一想，决定的是：让他们怨恨去，我一个都不宽恕！'"

"这段文字说明几个心理学道理，一个是欧洲人死前的仪式：宽恕。这正是我们谈的忘掉对方负值的话题，这是消除怨恨、内心平安的一种方式。另外，请别人宽恕，也宽恕别人，这是一种对等行为，就是双方同时撤掉负值，这还属于找平原理，是心理平衡的形式。"

"但是鲁迅先生情况不同，他是要单方面撤掉负值砝码，宽恕对方，他最终没有做到，因为这违反了'找平原理'，正常人是很难很难做到的。"

"但是一旦能够做到，很可能就是海阔天空，迎来光明。"我说。

美金说："我爱看的韩剧《皇太子的初恋》里，那个很帅的男主人公车承贤就做到了！他原谅了跟他分手的未婚妻，还有和他一直水火不容的弟弟崔健熙。结果本来走投无路的三角关系柳暗花明：崔健熙和金有彬有情人终成眷属，崔健熙和车承贤成了好兄弟，他自己虽然失去了爱情，但是得到了公司的经营权，还有崔健熙和金有彬一辈子的感激。"

"那是个好片子！"我说，"因为车承贤最后听从了母亲的劝告，他母亲对他说的那句话非常好，她说，'很遗憾，妈教过你很多东西，唯独没有教过你怎样原谅别人'。最终车承贤领悟了，并且开始原谅对方。当然崔健熙和金有彬都用真情理解、谅解，同时做出了努力。本来按照利益天平规律，三角爱情是无解的，但是通过宽恕、原谅和理解，确实让片子峰回路转，以喜剧结尾，而且合情合理。"

"爸，宽恕和宽容有什么区别？"足金问。

"宽容是指胸怀，'宰相肚里能撑船'就是指宽容，其实就是对利益得失拿得起放得下。"我说。

"就是不算小账，受得了委屈。"老婆进屋插了一句。

"是这个意思。"我说，"与此相反，有的人对利益，特别是别人给的负值锱铢必较、睚眦必报，虽然也符合利益天平的找平原理，但是过于拘泥于小的得失，这样干不成大事，人际关系也不会太好。"

"马云说：'男人的胸怀是委屈撑大的。'您觉得这话对不对？"足金问。

"委屈就是负值，别人给你的负值。"我说，"受的委屈多了，抵抗力和抗打击能力也就强了，对小负值就不那么敏感了。

和人交往时，别人给你十的负值，你只感受到一，即使你回敬给人一，别人也觉得你大气、宽容，而无地自容。因为他们会觉得天平不平衡了，有愧于你。而其实，是你和他对负值的判断和敏感度不一样而已。俗话说，有容乃大。所以马云这句话，也是符合心理学原理的。"

"英国那个因为一句差评就跑八百里打人的作家，就是心胸太小了！"美金说。

"所以老话说'吃亏是福'是有道理的！"老婆说。

我说："对！宽容、大度、理解、忍让、原谅、宽恕等，都有可能打破利益天平负值砝码对加的状态，化解冤冤相报、仇仇相向的人与人对抗，是人改变利益天平走向的主动和积极的行为。"

项目失败风投否定，调整心理海阔天空

这一天，儿子忽然很认真地找我：

"爸，我有个决定。"

"什么决定？"

"我想这几天就见一下风投。"儿子说。

"这么着急？咱们要讨论的还多着呢！"

"爸，我知道您一直引导我们探索的只是冰山一角。不过，我等不及了！我觉得咱们探讨到今天的内容，已经足够震撼！我的人工智能系统的大框架已经出来！我敢保证，如果按照这套系统制作出来，市面上没有一个机器人比我们的更符合人的

心理，更像一个堂堂正正的人。先找到资金，有了资金，我们可以继续深入，用大数据做出一个完人！"儿子坚定地说。

"儿子，妈支持你！空谈误国，实干兴邦！赶紧弄来钱，有资本了，干什么都像长了翅膀一样！到时候别忘了你妈就行！"

"那还用说！"足金信心满满，看我不置可否，接着说："爸！我知道您治学严谨，不求速成。不过我弄来了钱，我给你找一个团队和超级电脑系统，陪你进行心理学研究。"

"哥，你的钱啥时候有着落啊？"

"一周之内，三家风投，我排着队接见。他们一听说是人工智能的科技突破，都挤破脑袋要见我！你们就瞧好吧！"

足金见风投的一周，也是全家怀揣梦想、忐忑不安的一周。

"你哥这是啥情况，一天到晚不着家，回家就醉醺醺，进自己屋倒头就睡。你哥给你透露过什么没有，美金？"老婆看都晚上十点了，跑到美金卧室唠唠叨叨。

"他一天都跟我说不了一句话！"美金说，"不过据我观察啊……"

"你观察到啥了？"老婆急切地问。

"我看我哥，头两天自信满满，这几天走路发软。"

"乌鸦嘴！那是累的！"老婆气得关门出去。

不安，或者说是担心——这种对利益有可能失去而产生的情感，已经开始笼罩全家了。

"爸！我对不起你！"这天足金终于鼓起勇气，跟我们交底，痛哭失声地说，"爸，咱们失败了！"

"为什么啊？"真正的打击到来的时候，老婆还是不肯相信，"儿子你不是说，这套理论肯定科学，什么颠扑不破吗？"

"正因为这套理论可能是对的，"足金哽咽地说，"人家说了，就更不可能投钱去搞！"

"越说越让人听不懂了！咋理论正确了反倒不投了？难道理论错误了才投吗？"老婆追着问。

"人家说了，你搞的这个机器人，要是跟真人一样，有什么意义啊？地球上已经有60亿人了！"足金擦着眼泪说，"你说人活着为了利益，他要这么多利益，谁去满足他啊！而且，人家对咱们的利益天平更不认可！风投说，我们研发的产品，是服务客户的。你这个机器人，还要跟客户找平，客户做得不对，难道你还要报复客户不成？客户就是打你、骂你、砸了你，你也得受着！按你的找平原理，不是也要打客户啊！把客户打坏了，一告厂家，厂家就得赔得倾家荡产！"

"哦，这说得也不是没有道理。咱们怎么忘了这一层？"老婆念叨。

美金不服气："那你没说心理调节那一块吗？调节心理，减少负值、增加正值，可以辅助治疗心理疾病。这个不造福于人吗？"

"这个我也说了，"足金答道，"可是人家说，这个也不可取。如果你是治疗抑郁症的药物，他们倒是有些兴趣。你这个自我调节、自我改善，真的你自己、家人都能帮你治好抑郁症、焦虑症了，那谁买药啊？投资方从哪儿赚钱啊！"

"那他们想要什么样的机器人呢？"美金问。

"他们说，他们需要的是所谓'奴隶天才'，就是说有超人的能力，但是为客户所控制，为客户实现利益服务，同时客户为所欲为，机器人逆来顺受，充分满足客户的一切欲望。"

"说的也是啊！"老婆自己嘀嘀咕咕半天，突然说，"不搞了！不搞了！白费力气！瞎忙活！我就说不要弄这些虚头巴脑的东西，还是应该脚踏实地，挣看得见、摸得着的钱！"

"妈！你怎么这样啊！"美金听了一脸不高兴，"大家遇到挫折了，不去增加正值，却去增加负值。这半年的课您白听了！"

"美金说得对！"我听到美金说的话，大感欣慰，"美金真是进步了！人生总会遇到无数的失败，特别是这两年，你爸也是迎来了一个又一个失败和挫折。在这个时候，人的心里最需要的是正值，这就是鼓励、安慰和支持。其实很多心理疾病的人，都是在遇到挫折和打击的时候，不是自己无法调整心态，而是周围的人落井下石，或者说一些不中听的话——我不是说你啊，老婆！"

老婆脸色一会儿红，一会儿白，最后终于说："我错了，老公！我错了，儿子！我想说的其实是，都是那些白痴风投有眼无珠，唯利是图。咱们不跟他们玩了，咱们自己玩不成吗？不行咱们讲课去，不行咱们出书，我就不信这科学成果就走投无路了!"

足金听了，似乎也从绝望中缓了过来:"我觉得妈的这个主意不错。成功的路不止一条，我们可以出书，我可以搞 APP。我们今天遇到了挫折，我们能知道调整心态，降低负值，增加正值，避免自暴自弃，避免得抑郁症、焦虑症。但是还有很多人不知道，他们还在黑暗中徘徊。我们可以帮助他们!"

"出书挺好!"我听了也很欣慰，"美金文采好，她来执笔。把大家的名字都写进去，算是咱们全家共同创作的产品!"

"真的吗?"美金喜出望外，"署我的名字? 那我就是作家了! 到时候，我给我们单位每个人发一本，给我的叔叔阿姨客户都寄上一本。哈哈，他们肯定崇拜死我了，肯定疯狂出单!"

"也有我的名字? 那我也发圈，跟那些太太们说，我可不是一般的家庭妇女，我可是上了著作的人!"老婆也兴奋起来。

"我还是要做我的软件。"足金最后说，"制作一种利益天平计算器，做成 APP，让每个人都能很快计算出来跟别人的感情是什么状况。干脆做成爱情计算器，每个痴男怨女都离不开，一定会被疯狂下载!"

※　※　※　※　※

本章总结

本章主要阐述利用利益动态变化的性质，辅助治疗心理疾病和调节自我心态、改变他人利益判断和调整利益天平，使得人际关系得以改善的利益心理学方法。

　　心理疾病如抑郁症、焦虑症等与负值利益相关，因此可以通过增加正值、减少负值的方法进行心理缓解。在缺少实质性正值利益，或者现实负值利益无法改变的情况下，改变心态，弱化负值的利益，强化正值的利益，也是可行的。

　　人还可以改变他人对利益的判断，劝说、怂恿、诱导、洗脑、反间计等多种方法都可能行之有效。人是社会性动物，因此深受他人和社会舆论、价值观的影响。社会的正气为主流，个人的正气也会上升，这就是美好的社会。

　　此外，人如果熟稔利益天平的原理，亦可通过自我放弃、减弱对方负值的方式改变冤冤相报的状态，虽然做到是很难的。

　　因篇幅和作品形式限制，本书只描述了利益及相关心理学的大致轮廓。如想看到更深入的部分，可关注本人的其他作品。